W0243117

Le chat de Milltown

LHATTIE HANIEL

Le chat de Milltown

ÉDITIONS PRISMA

© 2022 Éditions Prisma / Prisma Media
ISBN : 978-2-8104-3763-4

Chapitre 1

Della

– Coucou, ma Dory ! C'est moi ! m'écrié-je à son intention en refermant la porte d'entrée d'un pied, avant d'aller déposer un sac de courses sur la table de cuisine.

En guise de réponse, mon joli petit poisson rouge lâche quelques bulles qui éclatent aussitôt en arrivant à la surface de l'eau. Je n'ai pas le temps de me débarrasser de mon manteau qu'un SMS s'affiche sur mon téléphone. C'est un message de Bruce, mon assistant. Je prends connaissance de ce qu'il contient et je suis ravie de savoir que je suis en lice avec Mark uniquement, un autre de mes collègues, pour obtenir le dossier *Vérone*. Certes, mon homologue a de nombreuses qualités pour me le ravir. Toutefois, il ne traite pas ses dossiers avec autant de minutie que moi lorsque je m'attelle à toutes les affaires qui me sont confiées.

Et ce qu'il y a de bien lorsque l'on a un collaborateur fort curieux et qui copine avec tout le monde, c'est que l'on est souvent au courant de ce qu'il se passe dans les petits papiers de la direction. Et Bruce est le meilleur dans ce domaine ! On travaille tous deux pour un gros tour operator qui a absorbé de nombreuses agences de voyages et j'ai la chance d'avoir été embauchée quatre mois plus tôt à temps plein. Auparavant, je travaillais pour eux en tant que *digital nomad*, mais le salaire n'était pas régulier, même si j'étais totalement libre. Heureusement, mes performances sur mes cinq derniers dossiers ont convaincu M. Nolan, le fondateur de Nolan and Co. Travel, de ne pas me laisser partir à la concurrence, car c'est lui qui m'a fait la meilleure offre. L'unique priorité de l'entreprise, c'est la satisfaction du client, car s'ils sont contents, M. Nolan conserve son statut de leader sur le marché. Quant à nous, les testeurs de produits touristiques, nous touchons de belles primes, en plus de dormir dans des hôtels de luxe et tout le tralala, tous frais payés ! C'est pourquoi je suis très consciencieuse dans les dossiers qui me sont confiés. Je suis rigoureuse et je m'efforce de noter au plus juste les hôtels, les modes de transport, les accueils touristiques et toutes les animations qui sont liées à un voyage organisé ou à une simple réservation. Oh, il m'est arrivé d'avoir des expériences horribles, car les prestations étaient surclassées et n'étaient absolument pas à la hauteur de la publicité qui en était faite, sans compter les nombreux commentaires frauduleux qui vantaient de belles expériences. Toujours est-il que, la plupart du temps, mes voyages sont tout de même fort plaisants. Et, sans prétention, je suis une experte de l'industrie du tourisme et des voyages organisés. Il faut dire qu'avant mes quinze ans, j'avais déjà fait deux fois le tour du monde avec mes parents !

Je retire mes chaussures, mon manteau, et donne quelques paillettes de nourriture à ma Dory, puis m'apprête à ranger mes courses. Je m'interromps dans mon élan lorsque mon téléphone sonne.

– Allô, Della ?

– Bruce ? Tout va bien ? demandé-je en l'entendant chuchoter.

– Oui, oui, murmure-t-il, en ajoutant : Tu es assise ?

– Oui, mens-je, en me dirigeant vers mon lit pour le faire.

– Eh bien, je suis avec Norma…

– Norma, l'assistante de M. Nolan ?

Surprise, je m'arrête à un pas de mon lit.

– Oui, chut ! Sinon elle va t'entendre ! Je me suis planqué dans ma salle de bains après que je lui ai fait admirer le plafond de ma chambre pendant plus d'une heure… Enfin, bref ! Écoute ce que je viens d'apprendre. Tu es prête ?

– Oui, vas-y, crache le morceau !

– Eh bien, c'est toi qui as remporté le dossier *Vérone* !

– … *(Bam !)*

– Della ? Tu es toujours là ?

– Oui ! réponds-je en faisant une grimace, car je viens de rater mon lit en m'y asseyant, sans regarder où je posais mon popotin.

– Je suis si fier de nous ! ajoute Bruce, en se retenant de rire à gorge déployée.

– Oui, moi aussi, vu la façon dont on a bossé dur pour l'avoir ! Mais es-tu certain de ce que tu avances ?

– Oui, tout à fait ! Et en plus, il y a un truc de dingue qui ne s'est jamais vu chez Nolan and Co. Travel ! Il va y avoir une énorme prime sur ce dossier, car le boss veut injecter de l'argent dans un nouveau circuit, consacré uniquement aux amoureux ! C'est du tout cuit pour toi, ça !

– Oui, certes ! Enfin, j'espère, ajouté-je avec un sourire quelque peu stressé, tout en frottant mon séant un peu douloureux.

– Ne t'inquiète pas, je suis certain que tu vas y arriver, comme toujours !

Je discute encore quelques secondes avec Bruce, avant qu'il ne raccroche précipitamment tout en lâchant d'un petit rire de gorge :

– Je crois que Norma veut encore admirer mon plafond…

Je souris, tout en fixant l'écran de mon téléphone. Si je pouvais remporter cette énorme prime, grâce à ce dernier voyage d'affaires de l'année, je pourrais convaincre Robert de nous marier en septembre prochain en Italie. Je me vois déjà toute vêtue de blanc, dans une végétation où l'été indien serait en avance et où la chaleur serait accompagnée d'une petite brise, assez plaisante pour supporter les températures de septembre. Les vignes seraient à leur apogée et le vin prêt à être tiré de leurs vieilles caves. Un petit mariage sans la famille qui voudrait tout gérer, et sans une liste d'invités longue comme mes deux bras. Ça pourrait être si romantique ! D'autant que si l'hôtel *Juliette-Capulet* tient toutes les promesses de sa brochure, raison pour laquelle je vais aller m'assurer qu'il s'agit bien d'un quatre-étoiles, en testant les suites et autres chambres, ainsi que la carte, et ce durant plusieurs jours, tous frais payés par ma boîte, je pourrai alors vivre mon conte de princesse !

Ah, si ma sœur Bella me voyait en cet instant, elle serait certainement verte de jalousie de me savoir si heureuse et si joyeuse, car tout lui tombe tout cuit dans le bec ! Oui, Bella a eu droit au B puisque c'est l'aînée, moi je n'ai eu droit qu'au D parce que je ne viens qu'en deuxième position dans notre fratrie, qui se termine avec mes petits frères jumeaux âgés de quinze ans, auxquels tout le monde cède tout ! Certes, nous avons tous été élevés avec une cuillère en argent dans la bouche, mais Bella a eu la ménagère au grand complet, et ce n'est pas qu'une métaphore ! Elle prendra la suite de papa lorsqu'il lui cédera prochainement les rênes de son empire, tandis qu'à moi il m'a fait entendre que je pourrais déjà assister ma sœur.

« Les grands dirigeants ont toujours besoin de bons petits soldats ! » m'assène-t-il chaque fois que nous nous voyons.

Mais jamais au grand jamais je ne travaillerais pour ma sœur, qui me traiterait en esclave administrative dès que je serais installée à mon bureau. Ni pour papa, d'ailleurs, qui ne m'a jamais démontré la moindre affection ! À ses yeux, je suis le vilain petit canard de la famille, et plus encore depuis que j'ai décidé de quitter notre demeure ancestrale du Kent pour m'installer dans un petit deux-pièces à Londres. Cependant, je m'en moque, car ce deux-pièces, il est à moi ! Enfin, je le loue, bien sûr. Toutefois, avec mes propres deniers, gagnés chaque fin de mois. J'ai bien de l'argent et des bons au porteur de la fiducie familiale qui m'attendent sur un compte bancaire en Suisse, mais papa a trouvé le moyen de geler mes actifs, afin de m'obliger à rentrer au domaine familial ! En dépit de cela, j'ai décidé de m'en sortir toute seule et, jusqu'à présent, je peux être fière de ma réussite. Quant à maman, elle passe son temps entre les boutiques de luxe, ses brunchs, avec ses amies aussi superficielles qu'elle, et ses injections de Botox et autres chirurgies qui la rendent de plus en plus jeune. Si elle continue comme cela, on aura un jour l'impression qu'elle est plus jeune que moi ! Enfin, en regardant d'un peu de loin, tout de même, car bien qu'elle s'offre des chirurgiens de grand talent, certaines de ses opérations lui modifient considérablement le visage. Tant que cela convient à papa et surtout à maman, pourquoi devrais-je m'en inquiéter plus qu'eux !

Hum… Sept heures vingt-sept. L'appel de Bruce m'a tellement emplie de joie qu'il va falloir me faire violence avant de pouvoir échanger sur le sujet avec mon fiancé. Toutefois, je vais devoir prendre mon mal en patience : il ne va pas rentrer tôt ce soir, car il se trouve à un dîner d'affaires.

– Oh, et puis mince ! J'ai trop envie d'en parler avec quelqu'un !

En attendant le retour de Robert, je décide de me rendre chez ma voisine, avec laquelle je parle de tout et de rien, et surtout de mes recettes de cuisine.

– Je te laisse quelques minutes, ma Dory, dis-je à l'intention de mon poisson rouge, qui continue de tourner en rond dans un aquarium bien trop grand pour elle.

Je me dis parfois qu'il faudrait que je lui donne un compagnon pour qu'elle ne se sente pas aussi seule. Un large sourire aux lèvres, je me dirige chez ma voisine de palier. Je toque deux petits coups sur sa porte. Aucune réponse. J'opte alors pour la sonnette. J'entends soudain des petits jappements accompagnés d'un : « J'arrive ! » Je reconnais sans mal la voix criarde de Carlita qui s'élève derrière sa porte. Je ne patiente pas plus de deux secondes avant que celle-ci ne l'ouvre en grand.

– Oh, Rocky ! Regarde qui nous rend visite ! C'est Della !

Je souris à l'entendre s'adresser ainsi à son petit chihuahua qu'elle porte sur un bras.

– Bonsoir, Carlita, je ne te dérange pas ?

– Jamais ! s'exclame-t-elle en me donnant une accolade de son bras libre.

Rocky, dont les yeux ont l'air trop grands pour sa toute petite tête, en profite pour me faire quelques léchouilles sur le visage. Je ris en me retrouvant si près de son regard globuleux et je lui donne une petite caresse sur la tête.

– Eh bien, si je ne te dérange pas, j'en suis bien ravie !

– Comment vas-tu ? poursuit-elle du même ton, avec son regard pétillant habituel.

– Je vais bien, et toi ?

– Je vais bien aussi, et justement, je pensais à toi ! Je suis en train de faire la recette de la quiche aux poireaux que tu m'as donnée avant-hier !

– Hum, effectivement ça sent bien bon chez toi !

– Entre, si tu veux !

– Juste une minute, car je dois préparer mes valises. Mon déplacement pour l'Italie est normalement prévu pour après-demain et je veux être certaine qu'il ne me manque rien avant !

– Oh, mais c'est génial, ça ! Tu as enfin eu ta mégamission ?

– Si on peut dire ! Enfin, le big boss n'a pas encore lancé les annonces. Cela n'est prévu que demain matin. En attendant, j'ai encore bossé toute la journée sur le dossier avec mon assistant, qui m'a révélé tout à l'heure que ça se présentait plutôt bien pour moi.

Je préfère donner cette explication à Carlita plutôt que de lui avouer que Bruce a obtenu des infos d'une façon peu orthodoxe…

– De toute façon, ajouté-je, personne n'a d'aussi bons résultats que moi. Ce serait énorme que le dossier de l'année me passe sous le nez !

– Oui, tu es une super bosseuse, à n'en pas douter. Cependant, si tu continues ainsi, tu finiras par faire un burnout avant d'avoir trente ans !

– Ne t'inquiète pas pour moi, il n'est pas question que je laisse mon boulot prendre le dessus sur ma vie ! Après ce dossier, et si tout se passe comme prévu, je serai bientôt mariée à l'homme que j'aime et je pourrai fonder une famille, ce à quoi aspirent toutes les femmes de mon âge.

– Oui, enfin, pas toutes, hein ! Je préfère encore mille fois m'occuper de mon Rocky, de mon hamster et de mes fleurs plutôt que d'avoir à torcher des gosses qui me diront « Salut ! » juste après avoir atteint la majorité !

– Tu exagères, comme toujours !

– Pas du tout ! Je peux te dire que mes nombreux frères et sœurs ont agi ainsi avec ma mère. Alors, il n'est pas question pour moi de reproduire le schéma familial.

Cette remarque me fait penser à ma famille, qui ne me manque nullement. Pourtant, je rêve depuis toujours de fonder une famille et d'avoir de nombreux enfants, que j'élèverais avec autant d'amour pour chacun, sans que la moindre jalousie s'immisce entre eux.

– Ne t'inquiète pas, je ne te forcerai pas à garder mes enfants chéris ! proclamé-je avec un large sourire.

Carlita éclate de rire aussitôt, en m'assurant que si mes enfants sont aussi intéressants que moi, elle se ferait un plaisir de devenir leur nounou officielle !

– Eh bien, en attendant que je mette au monde ces merveilles, te serait-il possible de garder ma Dory ? Enfin, si cela ne te gêne pas ?

– Bien sûr que non ! Alors, Robert part avec toi cette fois-ci ?

– Non, il part pour Cardiff lundi matin.

– Hum…, fait-elle la bouche fermée.

– Quoi, hum… ?

– Non, rien… Tu vas encore partir un samedi et ça va encore te bouffer un week-end ! En plus, tu ne vas donc pas passer ton premier Noël en tant que fiancée avec lui ?

– Eh bien, non ! Mais tu sais, j'ai choisi ce métier avant de rencontrer Robert. Et c'était l'un des avantages que de passer certaines périodes à l'étranger ou dans des endroits insolites et magnifiques !

– Oui, mais maintenant, tu es fiancée ! Enfin, je dis ça, je ne dis rien, hein !

– Certes ! Cependant, je ne choisis pas mes dossiers ! Et puis Noël est la période de l'année la plus propice pour voyager, tout comme les mois de juillet et août ! Savais-tu que c'est la période où les gens bougent le plus ?

– Maintenant que tu le dis, cela me semble évident. Mais tu sais, moi, je n'accorde aucune valeur aux périodes. Si je veux voyager, je m'arrange pour qu'il n'y ait personne pour m'embêter. C'est sûrement mon côté sauvage ! Ou alors, c'est peut-être tout simplement parce que je n'aime pas les gens ! Hein, mon Rocky ! ajoute-t-elle en riant. C'est pourquoi je reste ici durant cette période ! Alors, ne t'inquiète pas, je m'occuperai de ta Dory avec grand plaisir ! Elle est si silencieuse ! s'esclaffe-t-elle, avant que je ne l'accompagne d'un rire nerveux, tant je me sens excitée par mon voyage futur. Et, au fait, Freddy ? ajoute-t-elle.

– Je suis désolée, Freddy est mort comme George ! rétorqué-je avec une petite moue.

– Assoiffé et desséché, je suppose ! Pauvre plante ! Tu n'as absolument pas la main verte, c'est clair ! Je te ferai de nouvelles pousses pour ton retour. Mais par pitié, arrête de leur donner des prénoms, j'ai l'impression de perdre un membre de ma famille à chaque fois !

– *Dixit* celle qui donne un prénom à chacun de ses seins ! rétorqué-je en pouffant de rire.

– Eh bien, quoi ? Cela plaît aux hommes, tu devrais essayer…

Je reste sceptique à l'idée de donner un prénom à chacun de mes seins. Je ne vois pas Robert les prénommer et, de toute façon, il ne me touche que rarement de ce côté-là ! Je ne fais pas un bonnet E comme Carlita, toutefois je suis fière de remplir voluptueusement mon bonnet B !

Devant mon silence, Carlita me donne un petit coup de coude pour m'extraire de mes pensées.

– Enfin, c'est quand même dommage que tu ne partes pas avec ton fiancé.

– Je sais, mais le boulot, c'est le boulot ! Et puis, on savait bien que travailler tous les deux dans la même boîte ne comporterait pas que des avantages. Enfin, je ne pars qu'une dizaine de jours, tout au plus. Alors, tu es sûre pour Dory ?

– Oui, ne t'inquiète pas ! De toute façon, je ne bouge pas. J'ai bien trop à faire ici !

– Encore du boursicotage ?

– Tout à fait ! Et puis je me suis mise au poker depuis une semaine avec deux de nos voisines et le nouveau voisin qui est arrivé la semaine derrière.

– Tu as gagné ?

– Non, j'ai perdu ma première mise ! Cependant, notre nouveau voisin a prévu de me donner quelques cours particuliers…

– Eh bien, dis donc ! Tu as l'air bienheureuse d'avoir perdu !

– Tu veux dire que j'y ai plutôt gagné ! Ah, ah, ah !

– *Tu-tu-tut !* Je ne veux rien savoir de plus sur tes histoires de petites culottes ! Bon, si c'est OK pour toi, je te dépose *la bête* ce soir ?

– C'est comme tu veux ! Et ton Robert, il dîne avec toi ?

– Non, il a un repas d'affaires.

– Hum…

– Ça va, Carlita ?

– Oui, oui, je réfléchissais. Eh bien, apporte-la-moi maintenant et viens manger un bout avec moi. Comme ça, tu gagneras du temps et tu pourras mieux te consacrer à ta valise !

– Tu es géniale ! Merci ! Je reviens dans cinq minutes !

Chapitre 2

Della

J'ai passé plus d'une heure et demie chez Carlita, à épiloguer sur de nombreux sujets. Bien évidemment, on a encore parlé de recettes, car j'adore cuisiner, mais pas seulement, car Carlita est abonnée à plusieurs revues, allant de la déco aux programmes télé, en passant par la médecine douce et le jardinage, sans oublier les nombreux articles de magazines purement féminins qui expliquent en page 5 comment perdre cinq kilos en cinq jours, avant de tomber en page 20 sur des recettes à mille calories la bouchée ! Et en parlant de calories, Carlita est la reine des recettes qui font grossir. Pas étonnant qu'elle ait une poitrine si généreuse et un fessier si rebondi ! Cette fois encore, elle a considérablement modifié la dernière recette que je lui ai transmise : des courgettes cuites à la vapeur, assorties de fromage de chèvre et de feta. Mais elle a subi quelques transformations, les courgettes s'étant retrouvées frites dans de l'huile d'olive, avec une couche épaisse de fromage à gratiner. Certes, c'était un délice ! Cependant, si je me mettais à manger comme elle, je prendrais vingt kilos en moins de deux ! Mais Carlita semble parfaitement se satisfaire de ses formes.

Qui plus est, depuis que j'ai emménagé dans cet appartement, il y a deux ans, je ne l'ai jamais vue une seule fois triste. Nous demeurons dans la partie de Londres la plus cotée et nos appartements respectifs sont plutôt de luxueuses habitations. Pourtant, je ne lui connais aucun homme régulier, bien que j'aie droit à quelques histoires affriolantes à son propos. Tout dernièrement avec son prof de sport… qui lui donne des cours particuliers chez elle ! Cependant, elle ne veut pas de vie de couple et s'en sort plutôt bien toute seule. J'ai appris de sa bouche que, trois ans plus tôt, elle avait eu la main heureuse en gagnant à un jeu de loterie ! À l'entendre, elle aurait quelques millions placés en Bourse, qui lui rapporteraient chaque jour un peu plus. Et je veux bien la croire, car elle est d'une oisiveté sans pareille. Je ne sais si je pourrais vivre ainsi, sans famille à moi, avec uniquement beaucoup d'argent. Néanmoins, ce mode de vie semble la contenter.

Deux heures plus tard, lorsque Robert rentre de son repas d'affaires, je suis en train de finir les préparatifs pour mon voyage.

– Della ? Tu es encore réveillée, m'interroge-t-il, surpris.

– Oui, et je n'ai pas vu l'heure passer. Je t'attendais, lui murmuré-je à l'oreille, avant de déposer un baiser sur ses lèvres.

Mais il détourne légèrement la tête et j'ai droit à sa joue. Hum… ce n'est pas la première fois qu'il me fait ça, dernièrement.

– Comment s'est passé ton dîner ? demandé-je avec une petite moue.

– Fort bien, fort bien ! répète-t-il avec un large sourire qui lui dévore le visage.

– Eh bien, si je ne savais pas que c'était un repas d'affaires, je penserais que tu étais avec une femme ! dis-je en riant.

Robert rit à son tour, mais le fait qu'il ne me dit pas, comme d'habitude, que je fais erreur me déstabilise. Néanmoins, je n'ai pas le temps d'y réfléchir plus avant, car il me surprend en s'intéressant à ce que j'ai fait de ma soirée. Ce qui est plutôt rare, mais plaisant, pour une fois.

– Eh bien, j'ai passé une excellente soirée avec Carlita et je lui ai confié ma Dory les yeux fermés. Elle y prend toujours grand soin.

– Hum… Carlita !

– Oui, Carlita ! Quelque chose ne va pas avec elle ?

– Non, rien. J'espère juste qu'elle ne t'a pas mis des idées en tête !

– Que veux-tu dire ?

– Rien ! Écoute, je suis fatigué. Il est tard…

Robert s'assied sur le lit pour retirer ses chaussures. Je déteste qu'il entre en chaussures dans la maison, il le sait, et plus encore dans notre chambre. Seulement, je n'ose lui en faire la remarque, pour une raison que j'ignore. Au fond de moi, quelque chose me suggère qu'il vaut mieux ne rien dire. Robert détourne la tête de ses chaussures, puis se relève tout en regardant ma valise ouverte posée sur le sol de notre chambre.

– Tu sais, tu devrais peut-être prendre quelques vêtements plus chauds, me lâche-t-il sans plus de précisions.

– Pourquoi ? demandé-je. Je vais à Vérone où il fait actuellement 10 °C de plus qu'ici !

– Enfin, tu n'iras que si tu remportes le dossier ! s'exclame-t-il d'un timbre de voix surprenant.

– Eh bien, dis donc ! Bonjour la confiance ! m'exclamé-je à mon tour.

– Ne jamais vendre la peau de l'ours avant de l'avoir tué !

– Certes !

Je ne sais que lui répondre de plus, tant il vient de me mettre le moral dans les chaussettes.

– Enfin, je dis ça comme ça ! lâche-t-il avec un regard qui m'intrigue.

– Qu'est-ce qu'il y a ? On dirait que tu me caches quelque chose…

– Mais non, qu'est-ce que tu vas t'imaginer là ! se défend-il.

Je tente de m'approcher de lui avec un faible sourire.

– Tu vas me manquer, que ce soit moi qui parte pour Vérone ou toi à Cardiff, dis-je en tentant de l'embrasser.

Mais il recule légèrement, et cela m'interpelle grandement. Je perds instantanément mon minuscule sourire.

– Tu n'as pas envie de m'embrasser ?

– Si, bien sûr ! lâche-t-il sans grand enthousiasme.

Il dépose un bref baiser sur mes lèvres et me dit tout bonnement :

– Je suis fatigué ce soir.

– On ne va pas se voir pendant plus de deux semaines, je te signale ! réponds-je, la bouche légèrement pincée.

Il me fixe de son petit regard perçant. C'est drôle, à cet instant précis, je me demande bien ce qui m'a vraiment attiré chez lui. Certainement pas ses petits yeux foncés. Je chasse ces pensées stupides. C'est mon fiancé et je l'aime !

– Je vais prendre une douche, ajoute-t-il d'une voix morne, sans prendre la peine de me rassurer.

Mille pensées affluent d'un seul coup dans ma tête, tandis qu'il se rend dans la salle de bains sans un mot. Alors que je compte passer une nuisette un peu dénudée pour la nuit plutôt qu'un pyjama pilou-pilou, je trouve ses vêtements du jour, du moins sa chemise et ses chaussettes jetées au sol. Comme d'habitude, je les ramasse. Une odeur me surprend. Ce n'est pas son parfum. Ni le mien d'ailleurs ! Je ne peux m'empêcher de humer le col de sa chemise. Une rougeur m'envahit le visage et un mauvais pressentiment me transperce. C'est l'odeur d'un parfum très sucré. Je hume de nouveau. Oui, aucun doute ! Plus féminin que cette odeur, tu meurs ! Une boule naît aussitôt dans ma gorge. Je ne sais que faire. J'entre dans la salle de bains et Robert se trouve toujours sous la douche. J'hésite à lui en parler. Tout en me brossant les dents, je sens une certaine lâcheté me remplir le corps, comme cela ne m'est jamais arrivé. Je crains d'entendre quelque chose qui va me briser.

Demain, me dis-je en silence. *Demain, je lui en parlerai.*

L'énorme boule qui m'obstruait plus tôt la gorge est venue se loger dans mon ventre. Des nausées me torturent l'estomac, mais je prends mon mal en patience, tout en essayant de me convaincre que je fais erreur. Vingt minutes plus tard, lorsque Robert se couche à mes côtés, il me souhaite tout simplement bonne nuit, en me donnant un baiser si léger que je me demande si ses lèvres ont bien touché les miennes. Il s'endort à la vitesse de la lumière, tandis que je sens des larmes perler à l'orée de mes cils, avant de rouler sur mes joues. Je me sens triste comme jamais.

À mon réveil, ma lâcheté ne m'a pas quittée. Je ne dis rien et Robert semble s'accommoder de mon silence. Toutefois, je suis surprise qu'il ne me propose pas de m'emmener en voiture.

– Je suis désolé, bébé, je dois passer voir un client avant de me rendre au bureau, se défend-il, tandis que j'en reste bouche bée.

« Bébé » ? Jamais il ne m'a appelée ainsi.

Il dépose furtivement une bise sur ma joue, avant de disparaître en me laissant seule avec une douleur qui me déchire en deux. Je pose les mains sur mon ventre, incapable de faire un mouvement. Je reste un instant immobile avant de hocher la tête, sans un mot. Je déglutis.

Réveille-toi ! Tu as un dossier qui t'attend ! me dis-je sévèrement, en essayant de me persuader que je fais erreur : si Robert est si distrait, c'est qu'il a un rendez-vous professionnel qui lui occupe certainement l'esprit.

En me saisissant de mon manteau, le mot « professionnel » me pique la langue, comme si son rendez-vous concernait autre chose. Je refuse de tergiverser plus encore et sors de mon appartement en secouant la tête, histoire de me convaincre de mon erreur. Malgré tout, un certain parfum sucré reste imprimé dans mon esprit…

Lorsque j'arrive au bureau et traverse l'open space sur lequel je travaille, je sens des regards de compassion de la part de mes collègues. J'ai l'impression qu'ils savent quelque chose que je ne sais pas encore… Tout comme Robert hier soir… Néanmoins, je m'installe à mon bureau, puis allume mon ordinateur, tandis que Bruce arrive avec un café qu'il me tend avec un sourire mi-figue, mi-raisin. Tout en le remerciant, je hoche la tête, menton en avant, levant mes sourcils. Qu'est-ce qui le tracasse ? Mais il n'a pas le temps de me répondre.

– Réunion dans trois minutes ! s'écrie l'assistante de M. Nolan en direction de notre plateau.

Ce qui nous interrompt, Bruce et moi, dans notre échange silencieux.

Tout le monde se lève et s'active à *obéir* aux ordres. Bruce suit la foule, tandis qu'une boule m'obstrue de nouveau la gorge, comme hier soir. Je cherche Robert du regard. Il doit être arrivé maintenant, car j'ai mis un temps fou ce matin dans le métro. J'apprends par une collègue, qui se rend également en salle de réunion, que Robert s'y trouve déjà. Je reste coite de savoir qu'il n'est pas venu me chercher pour que l'on s'y rende ensemble.

Lorsque je pénètre dans la salle de réunion, je l'entends rire à gorge déployée, avant de l'apercevoir avec le big boss et la fille de ce dernier. Une vague de murmures s'élève avant de s'arrêter net, tandis que de nombreux collègues me fixent du regard. C'est à la fois surprenant et inquiétant. Je déglutis en m'approchant de Robert. Mes prunelles se rivent à ses petits yeux et il semble nerveux. Oui, je me fais la remarque que ce n'est vraiment pas pour son regard que j'ai dit oui lorsqu'il m'a demandé de l'épouser, le mois dernier. Nous nous sommes fiancés et je croyais que nous étions heureux. Apparemment, les choses ont changé. Je ne sais pas exactement quand, tant je pensais, jusqu'à sa venue hier soir, que nous vivions un rêve éveillé. Robert se détourne de moi pour sourire de nouveau à la fille de M. Nolan. Son sourire est si factice qu'un bref instant je me dis qu'il s'est fait prendre au piège par le big boss et s'oblige à sourire à sa fille, histoire de ne pas se faire mal voir. Pendant que mon esprit tourne à mille à l'heure, cherchant à me rassurer, j'entends M. Nolan remercier Robert.

– C'est vraiment gentil à vous, Robert, d'être allé chercher Murphy à Saint-Pancras !

– Oh, ce n'est rien, monsieur Nolan, c'était un réel plaisir ! rétorque Robert.

C'était donc cela son fameux rendez-vous avec un client ! Un haut-le-cœur me surprend. Mais pas question de laisser Robert m'humilier en déversant mon petit-déjeuner sur les chaussures cirées de notre boss. Je m'apprête à dire quelque chose, mais Norma demande à tout le monde de faire silence en débutant ses annonces. Je continue de cogiter sans pouvoir arrêter le fil de mes pensées.

– Ça va être ton tour ! s'exclame mon assistant avec un sourire contrit, lorsqu'il me rejoint.

– Bruce ! Ça ne va pas ? lui demandé-je à voix basse. J'ai beau me voiler la face depuis hier soir, je sais que quelque chose cloche.

– Si, ça va, Della. Ne t'inquiète pas. Je reste certain que ce voyage en Italie tombe à point nommé et va te faire du bien.

– Si je dois savoir avant de partir, dis-le-moi !

– Écoute, Della, je crois que tu devrais avoir une petite explication avec ton fiancé…

Je me sens meurtrie par ses paroles, qui ne font que confirmer ce que mon cœur semble avoir déjà compris. Bruce s'apprête à rétorquer ou à me fournir plus d'explications, ce qui me permettrait de mettre des mots sur le mal-être qui m'envahit totalement. Mais Norma nous interrompt en poursuivant ses annonces.

– Et le plus gros dossier va à…

Je m'attends à entendre mon nom… ou peut-être celui de Mark Harris… Sait-on jamais.

– … Robert Evans ! Vous partez pour Vérone, petit chanceux !

Je me liquéfie. Bruce m'étreint l'avant-bras avec compassion.

– Je n'étais pas au courant de ça, je te le jure…, lâche-t-il, dégoûté, tandis que Norma lui lance un regard hautain. La garce ! murmure-t-il entre ses dents.

Je reste paralysée sur place, malgré un flot de mots et de bile qui se bousculent dans ma bouche, et des pensées qui me torturent. Bruce était au courant de quoi, si ce n'était pas de cela ? Je tremble intérieurement, sans arriver à prononcer un seul mot. Robert se sent heureux et moi si triste… et plus encore en apprenant qu'il sera accompagné dans son *business trip* par Murphy Nolan. Je crois comprendre pour quelle raison c'est lui qui a eu le plus gros dossier de la boîte. Je sens qu'il se passe quelque chose entre eux deux et j'ai envie de hurler. Cependant, Norma ne m'en laisse pas le temps, en poursuivant ses annonces comme si elle avait du lait sur le feu.

– Madison Walsh, vous partez dans le nord de la France, dit-elle en remettant à la volée un dossier à cette dernière, tout en se dirigeant d'un pas alerte vers moi.

Je déglutis lorsqu'elle s'arrête à ma hauteur en plissant le regard. Je sais déjà que *Vérone* m'est passé sous le nez et je crains de ne recevoir aucun dossier. Ça sent le chômage technique pour ma pomme, et le sentiment que la fin de l'année sera plus difficile que prévu…

– Della de Bourgh, vous partez pour l'Irlande ! lâche-t-elle avec un petit rictus mauvais sur les lèvres.

– L'Irlande ? clamé-je, complètement choquée, les yeux écarquillés.

– Hein ? Elle a dit l'Irlande ? disent plusieurs de mes collègues, aussi surpris que moi.

– Départ demain matin ! ajoute-t-elle, me tendant une feuille de route que je ne prends pas la peine de saisir.

Bruce s'en charge à ma place, tandis qu'elle lui murmure :

– Je t'ai entendu dans ta salle de bains avant notre second round ! Ce n'est pas beau de raconter nos petits secrets ! Dommage, tu étais un super coup !

Puis, elle se détourne de Bruce, resté coi, pour s'adresser de nouveau à moi :

– Le dossier vous est comme d'habitude envoyé par courriel ! lâche-t-elle en secouant la tête comme si sa nuque était un ressort dézingué. Si j'étais *toi*, je m'achèterais des cols roulés ! se permet-elle de me chuchoter, en fixant mon décolleté tout en souriant avec dédain.

Je me sens à la limite de défaillir, tandis que Bruce glisse ma feuille de route dans mon carnet de notes.

– N'oublie pas que c'est toi la meilleure ! me chuchote-t-il en m'étreignant la main, bien qu'il soit également d'une pâleur inquiétante.

Je relève la tête fièrement, car je ne veux pas montrer à mes collègues et surtout pas à Robert et à sa bécasse que je suis profondément touchée.

– L'Irlande ? répété-je, les dents serrées à m'en faire mal aux mâchoires. Pourquoi pas !

Les annonces sont terminées, plusieurs de mes collègues félicitent Robert de son succès. Pour ma part, surtout après avoir remarqué que celui-ci se trouve fort proche de la fille du patron, je détale de la salle comme un lapin. Je cours m'enfermer dans les toilettes, me demandant quand je vais me réveiller. Je baisse le couvercle de la lunette des toilettes et sans me demander si celui-ci est assez propre pour m'y asseoir, je m'exécute en soufflant longuement la tête entre les mains. Mes pensées tournent à mille à l'heure et les questions affluent sans qu'aucune réponse surgisse pour m'apaiser. J'entends soudain quelqu'un qui toque doucement à la porte de la cabine où je me trouve. Je n'ai que peu d'espoir qu'il s'agisse de Robert, mais une petite flamme au fond de mon cœur l'espère profondément. Je me redresse en prenant une longue inspiration tandis que la personne frappe de nouveau doucement à la porte.

– Della ? Della, c'est Bruce…

Ma gorge se serre plus encore et je suis trop déçue pour lui répondre.

– Je sais que tu es là. Allez, sors ! Tu ne vas pas passer le reste de la journée à te morfondre ici. Si tu veux, on peut aller se soûler dans un pub !

Bruce a raison. Je ne vais pas rester une minute de plus ici. Je ressors des W-C les yeux rougis par les larmes que je retiens. Je fixe Bruce, avant de lui lâcher d'une voix courroucée, tant je me sens à la dérive :

– Puisque tu ne savais pas pour Vérone, je présume que ce que tu m'as caché concernait Robert et sa cruche ! Depuis quand es-tu au courant, Bruce ?

– Seulement, depuis hier soir… Je les ai vus chez *Selfridges*, lorsque je suis sorti dîner avec Norma, m'informe-t-il, profondément attristé pour moi. Je suis désolé, ajoute-t-il l'air contrit.

Il me serre dans ses bras et je le laisse me réconforter, comme le ferait un grand frère si j'en avais eu un. Ma grande sœur est loin d'être câline et mes deux petits frères ne s'intéressent à ma personne uniquement pour savoir ce que je leur rapporte de Londres ou de mes voyages, lorsque je me rends dans le Kent.

– Tu es partie avant de savoir ce qu'il adviendrait de ton rival, Mark. Il n'a pas eu plus que toi le dossier *Vérone*, alors que vous étiez les deux seuls en lice. Le pauvre vient de se faire virer comme un *loser.* Je crois bien que ton Robert a su manœuvrer pour éviter que ce soit lui…

Malgré la douleur qui me traverse encore et encore, je considère que Mark ne mérite nullement le renvoi. Mais je ne peux rien faire pour lui…

– Veux-tu que je regarde ton voyage ? me demande Bruce en m'étreignant affectueusement les mains.

– Oui, je veux bien que tu m'envoies les données sur mon téléphone. Je vais rentrer à la maison, je ne me sens pas assez forte pour supporter le regard des autres.

Bruce m'enlace de nouveau et je retiens mes larmes.

Plus tard, me dis-je mentalement. Si je recroise Robert en sortant, je ne veux pas lui montrer qu'il a gagné sur tous les tableaux.

Et moi qui croyais vraiment que nous étions heureux ensemble…

Je retourne à mon bureau à reculons. Le chuchotement de mes collègues, qui font semblant de ne pas parler de moi, m'indispose. Je sens de nouveau de la bile dans ma bouche et j'ai hâte de fuir les lieux. Je glisse dans ma sacoche de travail mon PC portable et quelques notes manuscrites que j'avais prises sur l'Italie, et qui ne me seront plus d'aucune utilité désormais. J'y ajoute quelques stylos et autres bricoles qui traînent sur mon bureau. J'ai l'impression de partir pour toujours. Je lève la tête en direction de Mark qui est en train de vider réellement son bureau. J'ai vraiment de la peine pour lui. À une semaine de Noël, ce lui sera compliqué de retrouver un travail à la hauteur de ses compétences. J'ouvre une dernière fois mon tiroir pour glisser discrètement à l'intérieur le cadre photo sur lequel je pose avec Robert. On a l'air si amoureux ! Si je m'écoutais, je le ficherais dans la poubelle. Il m'apparaît évident que mes prévisions de mariage heureux et d'une vie familiale épanouie ne sont pas pour tout de suite. Je referme le tiroir un peu trop brutalement et quelques regards se posent sur moi. Une colère m'envahit soudainement. Tout compte fait, je rouvre mon tiroir et m'empare du cadre photo. Je le contemple une dernière fois, avant de le jeter violemment dans ma corbeille. Sans un mot de plus, je m'empare de mon sac à main et je m'apprête à partir. Bruce me serre dans ses bras en me chuchotant :

– On se téléphone tous les jours, hein ?

– Oui, ne t'inquiète pas ! essayé-je de dire avec le plus d'assurance possible.

En traversant le plateau, je tente de garder une contenance et je souris, répondant poliment à ceux de mes collègues qui me lâchent dans un souffle : « Bon courage, Della… » Et de ne pas être offusquée par ceux qui, sans aucune décence et pétris de jalousie par mes succès passés, braillent avec un large sourire : « *Hey*, Della ! Dis bonjour aux Irlandais pour nous ! »

Dès que je pose un pied sur le trottoir, les premières larmes s'échappent de mes yeux, suivies par un torrent que je suis incapable de retenir. Sous l'assaut de la colère et d'un désespoir profond, je suis prise de tremblements.

Comment ai-je pu être aussi aveugle ?

Je repense aux paroles de ma mère qui me disait que j'étais trop fleur bleue et que je me ferais avoir en moins de deux, une fois à Londres, tandis que mon père ne donnait pas cher de ma tête. C'est à croire qu'ils avaient raison ! Mais je refuse de me laisser aller. Mes gémissements se transforment en grognements et je me sens prête à en découdre avec le premier qui s'interposera entre moi et mon appartement…

Lorsque j'y arrive, je me sens plus seule que jamais. Ma Dory n'est même pas là pour me faire rire avec ses petites bulles ! Me jetant tout habillée sur mon lit… j'éclate en sanglots !

Chapitre 3

Della

Hier soir, j'ai pris une longue douche et j'ai utilisé tout le ballon d'eau chaude avant de le couper. Je me suis dit qu'une petite vengeance ne serait pas de trop si Robert décidait de rentrer à la maison pour prendre, comme d'habitude, une douche avant d'aller se coucher. Mais il ne m'a donné aucun signe de vie. Ensuite, je me suis habillée et je suis allée sonner chez Carlita. Elle m'a été d'une grande aide pour mon âme meurtrie, tandis que Rocky en a profité pour me léchouiller les mains, les pieds, le visage. Je l'ai laissé faire tant j'avais besoin de réconfort. Il a fini par s'endormir sur mes genoux, pendant que Carlita m'avouait qu'elle n'avait jamais apprécié Robert... et plus encore depuis le jour où il lui a proposé son aide au cas où elle aurait des besoins à assouvir ! Elle m'a plainte, s'est excusée de ne m'en avoir jamais parlé, et de m'assurer que je ne mettrais pas longtemps à trouver mille fois mieux. D'ailleurs, a-t-elle ajouté, ce ne serait pas difficile ! Après avoir craché tout notre venin sur le portrait de Robert, Carlita a fini par me convaincre qu'il était aussi laid de l'extérieur qu'à l'intérieur, et qu'elle s'était toujours demandé quel charme je lui trouvais.

Je crois qu'en fait elle a raison. Et ma douleur s'est déplacée de mon cœur à mes entrailles, car en sus il m'a soufflé le dossier *Vérone* !

Au bout du compte, je me suis endormie chez elle, me demandant si elle n'avait pas tout bonnement raison. Je me suis posé mille fois la question : est-ce que je me sentais mal parce que Robert me trompait avec la fille du big boss ou bien parce que je m'étais laissé duper sans rien faire ? Bien sûr, les voix de maman et de papa ont résonné longuement dans ma tête avant de sombrer dans les bras de Morphée. Mais ce matin, en me réveillant à huit heures, je me suis dit qu'il ne fallait pas que je baisse les bras et que je m'en sorte toute seule.

– Hors de question pour moi de retourner à « Rosings » !

– J'ai l'impression que papa et maman ont placé la barre trop haut ? m'interroge Carlita tout en me servant un thé bien chaud.

Il est vrai que je ne me suis jamais épanchée sur mes parents avec elle. Mais je ne sais pourquoi, soudainement, j'ai un besoin urgent de lui avouer qui je suis.

– *T'es* sérieuse ? Tu es la fille de Bourgh… de l'empire de Bourgh ?

– Oui, enfin, je ne suis que la cadette.

– Que la cadette ? Avec quelques millions par-ci par-là sur des comptes en Suisse et une flopée immobilière à faire verdir les plus gros de ce monde ! Alors, qu'est-ce que tu fiches ici, au lieu de te la couler douce dans l'une des demeures familiales ?

– Je n'aurais jamais dû t'en parler, je le savais bien !! Tu vas me juger maintenant !

– Voyons, qui suis-je donc pour te juger, ma toute belle ? Je ne suis qu'une femme ordinaire, qui ne doit sa réussite qu'à une pièce d'un penny avec laquelle j'ai gratté ce ticket de loterie gagnant ! s'esclaffe-t-elle.

– Eh bien, alors, je peux te retourner la question : pourquoi vis-tu ici au lieu d'habiter une demeure à Paris, aux îles Caïmans ou bien à Beverly Hills ?

– Pourquoi ? Eh bien, je vais te le dire ! Je n'ai plus mes parents, et mes frères et sœurs viendraient me voir uniquement parce qu'ils auraient vent de ma fortune.

– C'est n'importe quoi, ça, comme réponse ! m'exclamé-je avec une petite grimace.

– Oui ! Tu as raison ! Sache, en premier lieu, que si je ne veux pas quitter cet immeuble, c'est parce qu'il est le tout premier que je me suis acheté et qu'il m'appartient entièrement.

– Tu plaisantes ? Mon propriétaire est C. R. State !

– Oui, C pour Carlita et R pour Rocky ! m'éclaire-t-elle en riant.

Je me mets à rire de la voir ainsi, emplie de joie. Il est évident que c'est une petite futée qui m'a piégée agréablement.

– Tu m'as dit « en premier lieu » ? Et en second, alors ? demandé-je en portant ma tasse de thé à mes lèvres.

– Eh bien, il y a aussi George, le boulanger, Richard, mon prof de gym particulier, Chris, le barman du pub *Gabriela* et hum… Max ! Oh, oui, il y a Max, mon prof de yoga ! finit-elle par m'avouer avec un long soupir d'aise.

– Tu t'es mise au yoga ?

– Oui, enfin, ce n'est pas vraiment du yoga. Disons plutôt que nos activités se font littéralement allongés sur mon lit et que…

– *Tu-tu-tut !* Nul besoin de détails supplémentaires ! lâché-je avant de rire aux éclats avec elle.

– Ah oui, j'ai oublié !

– Quoi, encore ?

– Dernièrement, il y a aussi Megan, ma couturière !

– Megan ? Tu es sérieuse ?

– Écoute ! On ne peut pas savoir tant que l'on n'y a pas goûté ! ajoute-t-elle en soulevant plusieurs fois ses sourcils fournis, mais bien dessinés.

Je ris de nouveau aux éclats avec elle et cela me fait grand bien.

– Il va falloir que je file !

– À quelle heure est ton vol ?

– À midi !

Lorsque je me retrouve seule à l'aéroport, une tristesse persiste dans mon cœur, en pensant à la famille que je n'aurai pas de sitôt. J'hésite à téléphoner à maman avant de prendre mon vol. Je sais qu'elle va encore me dire que j'avais tort, qu'il faut que j'arrête de faire l'enfant gâtée et que je rentre à la maison pour reprendre la place qui m'attend au sein de la société familiale, et plus précisément, au côté de ma sœur. Enfin, un cran en dessous, toutefois ! Malgré tous ces griefs, j'ai besoin d'entendre une voix familiale. Je décide promptement de l'appeler, sans réfléchir plus. Durant les nombreuses sonneries qui doivent retentir sur son téléphone (enfin, je l'espère grandement), l'image de Robert s'impose à moi. Il est parti ce matin pour Vérone sans me laisser le moindre message. Je devrais me convaincre que cela m'importe peu, mais en vrai j'en ai cherché un dans tout mon appartement. La seule chose qui m'a sauté aux yeux, c'est qu'il avait pris toutes ses affaires, sauf sa brosse à dents. Radin comme il est, je suis certaine qu'il reviendra la récupérer. Aussi, Carlita, qui se trouvait avec moi, en a profité pour la plonger dans la cuvette des toilettes avant de la remettre à sa place… Sur l'instant, cela m'a choquée, puis ça a fini par me faire sourire…

– Allô, maman ? C'est moi.

– Qui ça ?

– Della, maman.

– Ah, ma fille ingrate ! Tu es toujours vivante, à ce que je vois. Que veux-tu ? Ma masseuse m'attend pour un soin du corps.

– Je peux te rappeler, maman, si tu préfères ? demandé-je avec l'espoir qu'elle préfère rester en ligne avec moi.

Ça fait si longtemps que je ne lui ai pas parlé tant elle est occupée…

– C'est cela, Della, rappelle-moi dans la soirée. Non, attends ! Pas ce soir ! Avec ton père, nous avons quelques invités de marque. Appelle-moi plutôt mercredi !

– Mais nous sommes samedi, maman !

– Voilà, c'est cela, on se rappelle !

Maman raccroche sans un baiser. Mon cœur se serre brutalement. Au loin, j'entends la voix de l'hôtesse au sol appeler les voyageurs pour embarquer pour Dublin. Je regarde l'écran noir de mon téléphone et il s'illumine avec une photo de Carlita, de Rocky et de ma Dory dans son petit bocal, sur lequel Carlita a écrit avec du rouge à lèvres « Bon voyage ! On t'aime ! ». Je souris et cela me fait du bien de me sentir aimée. Je lui réponds avec un selfie au sourire mitigé et elle me renvoie des cœurs. Je finis par mettre mon téléphone sur off, avant de le glisser dans mon sac à main. Puis, je me lève de mon siège pour me diriger vers le sas d'embarquement.

Le vol se passe plutôt bien pour l'instant. Bien qu'il n'y ait que peu de perturbations, je ne prends pas la peine d'allumer mon ordinateur portable pour regarder mon *business trip.* C'est Bruce qui s'est chargé de réserver mes vols et mon hôtel, et si j'avais eu le dossier *Vérone*, j'aurais eu tout un tas d'informations à relire avec plaisir. Tandis que là, pour l'Irlande, je pars au pied levé, sans aucune préparation. Je suis si dégoûtée que je ne prends pas la peine de lire le courriel de Norma.

De toute façon, je ne serai jamais prête, je n'ai pris aucune note personnelle. Rien de rien !

Une voix s'élève dans les micros de l'avion et une hôtesse nous enjoint de rattacher nos ceintures en vue de l'atterrissage prochain. Je soupire, car j'ai hâte de sortir de cette machine volante. J'ai toujours trouvé cela anormal de voler pour les êtres humains. Si on avait dû voler, Dieu ou je ne sais quel autre créateur nous aurait flanqué des ailes, non ? Je fais encore quelques élucubrations sur la vie, sans que cela ne me mène nulle part… Quelques perturbations nous obligent à faire un tour au-dessus de l'aéroport, puis un second, car des vents contraires empêchent l'avion de se poser. Finalement, les roues touchent la piste et l'avion s'immobilise. Je souffle, en prenant patience pour débarquer. J'en profite pour lire ma feuille de route qui se trouve toujours dans mon carnet de notes. Il serait peut-être temps pour moi d'en savoir un peu plus sur mon voyage d'affaires et de connaître le nom de l'hôtel dans lequel Bruce m'a réservé une suite royale…

Je lis le titre écrit en gras : *Irlande, mon amour !*

– C'est une blague !

À mon exclamation, des passagers me regardent comme si j'étais un peu perchée. Ce qui n'est pas faux à cet instant précis, car je pousserais bien un hurlement. Je me dis aussitôt que je suis un être civilisé et que les bonnes manières que l'on m'a inculquées toute ma jeunesse ne peuvent pas s'évanouir ainsi. Mais quand même…

Une boule au ventre, je récupère ma valise, me disant que je n'ai peut-être pas pris assez d'affaires, vu sa légèreté. Heureusement, tous mes frais sont payés, et je n'aurai qu'à élargir ma garde-robe. Je sors de l'aéroport à la recherche d'un taxi.

– Waouh ! On gèle dans ce pays ! m'exclamé-je.

Et dire que pour une fois qu'il n'avait pas plu de la semaine à Londres, il fallait que je vienne ici pour trouver la pluie. Je frissonne en recevant des gouttes sur la tête. C'est bien ma veine ! Mon lissage ne va pas tenir et je vais me retrouver avec les boucles de *Nellie Oleson*[1] en moins de deux ! Je rentre dans l'aéroport à la recherche d'un magasin.

Il me faut un pull, un chapeau et surtout un parapluie !

Je me rends compte qu'il y a un monde fou aujourd'hui dans l'immense hall de l'aéroport et que les magasins sont même pris d'assaut.

– Ce sont les soldes ou quoi ? m'interrogé-je à voix haute.

– Non ! C'est Noël, ma p'tite dame ! me rétorque un passager qui passe précipitamment à mes côtés, tirant une valise d'une main et tenant dans l'autre de nombreux sacs d'emplettes.

Mais je n'ai pas le temps de flâner, moi, j'ai un hôtel qui m'attend et son évaluation ne va pas se faire toute seule. D'autant que j'ai certainement d'autres lieux à explorer. Cependant, je n'ai pas encore pris la peine d'en prendre connaissance dans le fichier que m'a envoyé Bruce. J'aperçois finalement une toute petite boutique éphémère qui vend des produits naturels. Un pull est suspendu au mur par un crochet. C'est le seul. Il a de drôles de couleurs chamarrées, mais il semble très épais.

– Euh… il n'est pas à vendre, m'indique la vendeuse.

– Pourquoi ?

– Parce que ce pull a une manche plus courte que l'autre. Ça se voit, non ?

– Euh… maintenant que vous le dites, effectivement, mais…

1. Nellie Oleson est un personnage de fiction de l'œuvre de Laura Ingalls Wilder et du feuilleton américain qui en fut tiré et qui connut un succès mondial, *La Petite Maison dans la prairie.*

– Eh oui ! N'est pas Mam'Michigan qui veut ! m'interrompt-elle avec un hochement de tête assez ferme pour que je ne la contredise pas.

Cependant, je n'ai aucune idée de quoi ou de qui elle veut parler.

– Ne le dites pas à ma responsable, me chuchote-t-elle, mais je vous déconseille d'acheter quoi que ce soit ici. Tout vient de Chine..., ajoute-t-elle en regardant par-dessus son épaule, recherchant certainement un œil de Moscou qui la surveillerait de loin.

– Pourtant, c'est noté *made in Ireland* sur ce savon ! lui dis-je en attrapant celui-ci de ma main libre.

– Eh bien, tentez le diable si vous le souhaitez, mais moi, je ne me laverai jamais avec ça !

Je reste coite devant une telle déclaration. Néanmoins, je me ressaisis rapidement. Le temps tourne et je veux pouvoir me détendre et surtout me réchauffer dans un bon bain avant d'aller dîner au restaurant de l'hôtel.

– Avez-vous des chapeaux ?

– Non.

– Des bobs ?

– Non.

– Alors, qu'avez-vous contre la pluie ? m'insurgé-je devant une telle rafale de dénégations de sa part.

– J'aurais pu vous vendre un parapluie, mais j'ai donné le dernier à la personne que vous avez croisée en entrant. Mais attendez... j'ai ça !

– Vous plaisantez ? Une capuche à pluie ! Vous croyez que j'ai quel âge ? Soixante-dix ans ? m'égosillé-je, ne m'imaginant pas un seul instant avec ça sur la tête.

– Désolée, c'est tout ce que l'on a...

Je quitte la boutique, la capuche en main et la bouche pincée tandis que mes pensées fusent à mille à l'heure à l'idée d'être coiffée de cette chose grotesque. Mais il pleut tellement que je ne peux me résoudre à ne pas la porter. Je sens que j'ai l'air ridicule, surtout avec cette énorme visière qui tombe sur mes yeux. Cependant, mieux vaut ça que d'attraper la crève ! Encore que rien n'est moins sûr avec ma parka rose poudrée qui est déjà trempée. Je file vers l'aire de la prise en charge des taxis et remarque qu'il y a une queue monstre.

Et dire que Dublin est réputée pour ses nombreux taxis au mètre carré !

Je tente quelques approches avec des hommes pour qu'ils aient la délicate attention de me céder leur place, mais aucun d'eux n'a la politesse de me laisser passer. Quinze minutes plus tard, je suis toujours là, à patienter sous cet abri minuscule, les doigts gelés et mes chaussures totalement détrempées. Je sens la pluie qui s'est immiscée dans mon col, que j'ai relevé pour mieux me protéger. L'eau a déjà atteint mon dos par l'intérieur et mon pull en soie ne doit pas être beau à voir. Heureusement, ma tête est au moins à l'abri sous cette capuche transparente. Je souffle en prenant mon mal en patience. Ça va être à moi. Je pose ma valise sur le côté du véhicule, la laissant aux bons soins du chauffeur pour la mettre dans le coffre, tandis que je m'apprête à m'installer le plus rapidement possible à l'arrière, pour éviter d'être encore plus trempée. Dans le même temps, un passager s'insère également à l'intérieur par l'autre portière. Je proteste aussitôt :

– J'étais là avant vous !

– Écoutez, je dois rentrer rapidement, j'ai une urgence !

– Quelle urgence ? demandé-je.

– Ma... ma... mère vient de faire une chute et je dois me rendre à Milltown au plus vite !

– Hm… Moi aussi je dois me rendre à Milltown !

– Je paierai la note complète si vous acceptez que je reste, dit-il avec une petite moue qui m'empêche de le mettre dehors.

J'acquiesce du chef tandis que le chauffeur s'installe à son volant. Le jeune homme échange quelques mots avec le chauffeur, qui marque son accord. Mais, hormis le mot Milltown, je n'ai rien compris, à cause de leur fort accent et de ma capuche en plastique qui me couvre également les oreilles. Je me dis que lorsque ce passager arrivera à destination, je demanderai au chauffeur de me déposer à mon hôtel. Après tout, si sa mère est tombée, je ne voudrais pas qu'il perde un temps précieux en me faisant déposer en priorité. De toute façon, personne ne m'attend là-bas… J'ôte de ma tête la capuche en plastique qui dégouline sur mes jambes. Je m'apprête à dire quelque chose à mon voisin de banquette, mais il semble en train d'écrire un SMS. Regardant par la vitre, je plonge mon regard vers l'extérieur. Malgré la pluie, le paysage qui se dessine devant mes yeux est époustouflant de beauté…

Chapitre 4

Della

Un peu plus d'une trentaine de minutes plus tard, le chauffeur fait un arrêt dans le centre de Milltown. Mon voisin de banquette, qui s'était assoupi aussitôt que la voiture avait démarré, règle comme prévu la course en totalité, avant de me saluer et de partir d'un pas alerte. Je précise alors ma destination au chauffeur, qui ne semble pas me comprendre. Je me demande bien de quelle nationalité il peut être, car il a du mal avec mon anglais. Il finit par me faire comprendre que je me trouve bien à l'adresse indiquée. Agréablement surprise, car il me tarde de me plonger dans un bain bien chaud, je me pare de nouveau de ma capuche en plastique, sous une pluie un peu plus calme. Puis, je patiente pour que le chauffeur me rende ma valise. Comme il ne sort pas de son véhicule, je me déplace jusqu'à sa portière et tapote de l'index sur la vitre. Le chauffeur me regarde d'un air étonné avant de descendre sa vitre de quelques centimètres…

– Valise ? Quelle valise ? répond-il, interloqué, avec un fort accent très peu irlandais.

– Eh bien, celle que vous avez glissée dans votre coffre ! rétorqué-je en fronçant le regard.

– Monsieur a dit « non, pas de bagage ! », alors, pas de bagage.

– Mais je vous ai entendu refermer le coffre !

– Oui, après « pas de bagage ! ».

– C'est une blague ?

– Désolé, désolé, ne cesse-t-il de me répéter.

– C'est un cauchemar et je vais me réveiller, dis-je en grommelant, plongée dans des pensées qui filent de nouveau à mille à l'heure.

Le chauffeur remonte sa vitre, sûrement pour appeler le central ou je ne sais qui. Il va m'aider, c'est certain ! Quand soudain il part ! J'ai beau lui courir après pour qu'il me reprenne et me ramène à l'aéroport, mais il est déjà trop loin pour m'entendre. Je cesse de crier et de m'agiter dans la rue, et je cours m'abriter sous la devanture d'un pub, tout en réfléchissant à la façon dont je pourrais récupérer ma valise. J'allume mon téléphone pour rechercher sur le site de l'aéroport, l'index sur les « bagages perdus ». Je trouve un numéro que je compose aussitôt.

– Aéroport de Dublin, bonjour ! Ne quittez pas un instant !

Je me retrouve à devoir patienter sur le trottoir, frissonnant de plus belle. Heureusement, mon appareil photo, mes dossiers et mon PC portable se trouvent dans ma sacoche que je porte en bandoulière, tandis que mon petit sac à main est accroché à mon avant-bras.

– Oui, bonjour, que puis-je pour vous ? me répond enfin l'opératrice.

– Bonjour, je suis Della de Bourgh. Ma valise a été oubliée par le chauffeur de taxi sur l'aire de prise en charge et…

– Ah, oui, on nous a fait savoir qu'une valise y avait été abandonnée.

– Non, je ne l'ai pas abandonnée, c'est le chauffeur qui l'a oubliée ! me défends-je aussitôt. Donc, vous l'avez récupérée ?

– Absolument pas ! L'équipe de déminage est déjà intervenue et la valise a fait *fiouuu* dans les airs !

– Que voulez-vous dire par *fiouuu* ? Que ma valise a explosé ?

– Absolument !

– Mais alors ? Comment je fais pour récupérer mes affaires ? m'inquiété-je, imaginant mes jolies tenues déchiquetées par un robot démineur.

– Désolée, tout est parti à la benne après que les équipes ont contrôlé qu'il n'y avait plus aucun danger.

– Mais cela fait tout juste trente minutes que…

– Je sais ! On est super efficaces, hein ! m'interrompt avec fierté l'opératrice, avant de m'assurer qu'à son niveau elle ne peut rien de plus pour moi.

Elle m'informe toutefois que si je souhaite faire une réclamation, il me suffit d'adresser un courriel en cliquant sur l'onglet « Réclamation ». Je raccroche, complètement dépitée. Je me retrouve dans un pays dont je ne connais rien, sans vêtements, sans dessous, sans objets de toilette… et je ne sais que faire. J'entrerais bien dans le pub, mais hormis boire un verre, cela ne m'avancera pas sur mon problème d'effets personnels.

Je relis le nom de l'hôtel où j'ai ma réservation : *The Celtic TownHouse.* Je balaie la rue du regard. Aucune enseigne portant ce nom n'apparaît à mes yeux. Je me demande si l'on s'est bien compris avec le chauffeur de taxi. J'hésite à entrer dans le pub pour demander mon chemin. J'entrouvre néanmoins la porte et avant même de mettre un pied à l'intérieur, je m'aperçois qu'il est bondé. Je ressors aussitôt, car j'ai une certaine phobie de la foule. Je scrute de nouveau la rue et distingue au loin une petite boutique. Je suis complètement gelée, mon manteau est trop léger pour la saison et surtout pour le pays. Je me remémore les paroles de Robert, qui m'avait conseillé d'emporter des affaires plus chaudes pour l'Italie, chose que je n'ai pas retenue. Quelle espèce de mufle ! Il savait déjà qu'il allait me voler mon business ! Ce retour dans ces douloureux souvenirs me fait grimacer avant que des larmes me montent aux yeux. Je me force à les retenir. D'ailleurs, il vaut mieux pour moi que je ne pleure pas, car Carlita, qui m'avait trouvé le visage trop pâle à mon réveil, avait décidé de me maquiller avant mon départ. Moi qui ne le fais presque jamais, à part du mascara, je me suis retrouvée plâtrée avec de la Terracotta, ce qui me donne un teint très hâlé. Alors, si je venais à laisser échapper mes larmes, cette poudre mordorée filerait à l'anglaise (!) et je me retrouverais avec deux belles traînées blanches sur les joues, sans aucune possibilité de retouches ! Au moins, la capuche en plastique à l'effet escompté de bien me protéger de ce côté-là aussi. Enfin, je crois…

Je pousse la porte de la boutique et un petit bruit de clochette se fait entendre lorsque j'y pénètre. L'endroit, plutôt petit, est cosy, mais il fait bon à l'intérieur. Je n'y vois personne, mais j'aperçois un distributeur de boissons chaudes. J'entrouvre mon sac à main pour prendre ma carte bleue. En fait, elle est noire et je n'en ai jamais eu de couleur bleue. Je me demande bien pourquoi on ne la renomme pas « carte noire », mais je me dis que cela doublonnerait probablement avec une marque de café italien bien connue. Une fois encore, je remets en cause l'univers avec des réflexions qui ne dépriment que moi. Je chasse cette pensée ridicule en secouant la tête, puis je fixe la façade du distributeur, recherchant la fonction « sans contact ». Cette machine doit être ancienne car elle ne la possède pas. Je trouve déjà étonnant qu'elle accepte ce moyen de paiement ! Je glisse ma carte dans la fente prévue à cet effet et choisis un chocolat chaud. Après trois longues minutes, pendant lesquelles je me demande si quelqu'un n'est pas en train de torréfier quelques fèves de cacao, je récupère enfin mon énorme gobelet fumant. Un bouton clignote, me donnant le choix de sélectionner une paille ou un couvercle pour boire sans rien renverser. Je sélectionne ce dernier avant de l'enfoncer dans mon gobelet. Je me fais alors la réflexion que cette machine n'a peut-être pas le « sans contact », mais qu'elle est plutôt agréable dans le choix qu'elle offre pour déguster ma boisson. Ce que je n'avais jamais encore vu nulle part. Tellement plongée dans mes réflexions silencieuses sur les autres performances que cette machine pourrait avoir ou pas, j'en oublie de récupérer ma carte de crédit.

Alors que je sors de mes pensées et m'apprête finalement à récupérer celle-ci, un grognement inquiétant se fait entendre par-dessus mon épaule. Je me détourne lentement de la machine à boissons avant de pousser un cri strident. Au même moment, j'entends un bruit de verre qui éclate littéralement, tandis que le chapeau de protection de mon chocolat, que je maintiens peut-être un peu trop fortement entre mes mains, saute et tombe sur le sol. Un exploit que le liquide ne se soit pas échappé du gobelet en carton. Pour ma défense, il faut dire que je me trouve tout de même face à un tigre ! Il se rapproche dangereusement de moi, tête baissée. Je crois avoir déjà vu dans un documentaire animalier que lorsqu'un animal aligne sa nuque avec sa colonne vertébrale, c'est qu'il va charger ! Deux possibilités s'offrent à moi : mourir ou… Je jette brièvement un œil par-dessus mon épaule. Non, en fait je n'en ai qu'une seule : mourir !

– Mais je ne peux pas mourir, je suis bien trop jeune !

– Hua !

Apeurée par le cri du second animal qui vient de s'élever dans mon dos, j'opère une volte-face, et le contenu de mon gobelet vole à la tête de cet animal, avant de me rendre compte qu'il s'agit… d'un homme ! Mon second cri, qui a accompagné mon sac en bandoulière, lequel a opéré le même mouvement que mon corps en balayant au passage de nombreux articles de souvenirs alignés sur un étal, a fait exploser d'autres verres. Je réalise pour la première fois – oui, la fois d'avant ne compte pas, car je ne me connaissais pas ce talent – que je suis dotée d'un timbre de castrat ! Je me confonds en excuses envers cet homme, m'avançant vers lui, l'air soucieux. À son regard, je pense qu'il a moyennement apprécié la douche brûlante. Sous l'effet de mon chocolat chaud, qui a coloré son pull blanc (sérieusement, qui porte du blanc en hiver ?) en brun curieux, je tente de ramasser quelques articles qui gisent à ses pieds. Il se baisse en même temps que moi et nos têtes se disent frontalement bonjour…

Je me redresse avec un petit cri… avant de hurler de nouveau en voyant le tigre s'approcher de moi.

Je me demande comment j'ai pu l'oublier, celui-ci !

Je me jette dans les bras de l'inconnu, ce qui produit deux effets : le premier, c'est de remarquer qu'il s'agit bien d'un homme, lorsqu'il m'enlace. Je ne pensais pas qu'il était aussi musclé, sous son pull tricoté main avec trois-cents-pelotes-de-laine-de-mouton ! Le second, c'est de me rappeler que je lui ai projeté mon chocolat chaud à la figure et que son pull-éponge a retenu tout le liquide brun, avant de se transvaser sur mon Versace rose poudré ! Néanmoins, le tigre est toujours dans les parages et je préfère clairement perdre mon bel habit qu'une jambe ou un bras ! De peur, je blottis même mon visage contre son épaule, oubliant complètement mon maquillage !

Je sens l'homme, qui me retient toujours d'un bras puissant, agiter son autre bras afin de faire partir le monstre. Je relève la tête, quelque peu étourdie, et j'écarquille les yeux en fixant son épaule. La Terracotta se trouve parfaitement étalée sur la face blanche de son pull, mais tant pis ! Je suis encore trop angoissée pour me détacher de lui.

– Hua ! Hua ! poursuit l'homme, montrant un courage hors du commun.

Je tourne légèrement la tête vers la bête.

– *Ná bí buartha táim anseo*[1], ajoute l'homme, me maintenant toujours contre lui.

Je n'ai rien compris à ce qu'il vient de me dire !

Il finit par me faire passer derrière lui, n'hésitant pas à me protéger de son corps. Je m'accroche à son pull, la gorge nouée à l'idée que ce bel inconnu risque de succomber d'ici peu à l'attaque d'un fauve. Je m'accroche de nouveau à son bras et il me reprend contre lui, car je suis terrifiée !

Soudain, la musique d'*Autant en emporte le vent*[2] s'élève tout près de moi. Il s'agit de la sonnerie du téléphone de mon sauveur. Cela doit agacer la bête, qui se jette sur ce dernier, tandis que je pousse de nouveau un cri strident. Tant pis pour les verres, qui volent en éclats une fois encore.

À ce train-là, le propriétaire des lieux ne va pas tarder à me mettre dehors…

Je reviens vite à la réalité de la scène qui me terrifie, tandis que je reste accrochée au bras de mon sauveur, comme une moule à son rocher. L'homme et la bête mènent un combat sans merci. Enfin, il se bat d'un seul bras, ce qui confine à la bravoure. Puis, soudain, j'entends l'homme au pull-éponge murmurer quelque chose à la bête, certainement encore

1. En irlandais dans le texte : « Ne vous inquiétez pas, je suis là. »
2. *Autant en emporte le vent* : film du réalisateur Victor Fleming d'après le roman de Margaret Mitchell.

de l'irlandais, avant d'entendre prononcer clairement ce mot : O'Hara !

La bête obéit aussitôt en prenant ses aises au sol, dans un grognement surprenant.

– En fait ! Il est à vous, ce tigre ! dis-je, offusquée, la bouche pincée, en me dégageant de son bras, tandis qu'un sourire penaud se dessine sur sa belle bouche.

Je me demande s'il a bien compris ma phrase…

– Ce n'est pas un tigre, mais un chat, m'annonce-t-il, comme si cela était d'une évidence folle, et ce, dans un anglais parfait, quoiqu'un peu accentué.

– Un chat ? Vous plaisantez, il a la taille d'un enfant de dix ans !

– Non, plutôt sept !

– Mais que lui donnez-vous à manger pour qu'il soit si géant ?

– C'est le plus gros chat de sa race. C'est un maine coon[1], m'assure-t-il, bien que j'aie du mal à le croire.

– Vous en êtes sûr ?

– À peu près autant que je sais qu'il va neiger ce soir…

– Ah ! Et comment pouvez-vous savoir cela ? demandé-je, soudain intéressée par ses prévisions météorologiques.

– Eh bien, parce que le ciel est bas et que l'on ne voit pas à plus de trente mètres…

Mon dresseur de tigres au pull-éponge s'est transformé en Monsieur Météo. Soit ! Le timbre de sa voix rauque est très agréable à entendre. Et plus encore lorsqu'il se présente : Ryan Flanagan…

1. Le maine coon est une race de chat au physique rustique caractérisé par sa grande taille.

Chapitre 5

Ryan

Je ne sais pas si ce sont les fées cachées dans les rayons du magasin qui m'ont décoché une flèche en plein cœur, mais jamais je n'ai ressenti une telle vibration et un tel flottement envoûtant dans mon corps comme en cet instant, dès que mon regard s'est rivé au sien. Elle me dévoile son prénom dans un souffle, tout en s'empourprant.

Della. Ce prénom sonne comme une mélodie à mes oreilles et trouve le chemin de mon cœur…

Je continue de la fixer du regard. Son visage est pour moitié doré, tandis que l'autre est d'une belle blancheur laiteuse. Quant à ses cheveux roux, ils dépassent de sa capuche en plastique transparent. Je suis surpris de la voir coiffée ainsi. Je crois bien, mis à part quelques vieilles du coin, n'avoir jamais vu une jeune femme parée de cette façon, même s'il pleut à seaux. Sa voix avait beau être troublée lorsqu'elle m'a présenté des excuses pour mon pull-over, c'était une mélodie enchanteresse à mes oreilles…

– Oh, ne vous inquiétez pas ! La vieille Michigan m'en tricotera un nouveau, à n'en pas douter !

– La vieille Michigan ? répète-t-elle avec curiosité, toujours d'une voix captivante.

– Oui ! Par ici, nous avons des tricoteuses de laine de mouton et Mam'Michigan est celle qui en tricote le plus, avec talent.

– Hum… c'est bien ce que j'ai cru comprendre à l'aéroport. Personne ne semble égaler Mme Michigan, dit-elle avec un merveilleux sourire.

– C'est tout à fait vrai ! Mais c'est Mam'Michigan et non madame, d'autant qu'elle ne s'est jamais mariée.

– Pourquoi ? s'intéresse-t-elle soudain, ce qui me surprend.

Son regard vient de prendre une brillance particulière, due certainement à son intérêt, et cela m'enflamme plus encore le cœur.

– Pour le savoir, il faudrait le lui demander, car je n'en sais fichtrement rien !

– Ah, d'accord, me répond-elle simplement, tandis que je plonge plus encore mon regard dans le sien.

Je devrais la trouver ridicule dans ses habits mouillés, sa capuche enfoncée sur la tête et son maquillage pour moitié effacé. Pourtant, je ne peux m'empêcher de la trouver sublime. Constatant qu'elle frissonne soudainement, car elle ne doit pas avoir bien chaud sous son petit trench-coat (qui a bénéficié également de son lait chocolaté), je lui propose poliment de se changer. Je sais que dans la boutique de mon ami se trouvent des pulls de la vieille Michigan. Alors qu'elle s'apprête à me répondre, mon ami O'Neill apparaît de l'arrière-boutique.

– Tu es encore là ? me demande-t-il, surpris.

– Oui, j'ai rencontré quelques petits soucis, lui précisé-je, tandis qu'il observe mon pull maculé de chocolat et de maquillage.

– Oh, ben, mince alors ! Que t'est-il arrivé ?

Je n'ai pas le temps de lui répondre que Della s'adresse à lui.

– Vous ! s'écrie-t-elle en le pointant du doigt. C'est à cause de vous si ma valise a été oubliée avant de finir en mille morceaux à la benne ! ajoute-t-elle d'une voix, toujours agréable à mes oreilles.

– Je ne comprends pas ce que vous dites ! s'offusque O'Neill.

– C'est pourtant simple ! Vous êtes monté dans mon taxi et à cause de vous le chauffeur a certainement cru que nous étions ensemble. Il n'a pas chargé ma valise parce que vous avez crié « pas de bagage ! ». Et comme celle-ci est restée sur l'aire des taxis, les démineurs l'ont fait exploser. Et maintenant, je me trouve sans aucune affaire avec moi ! s'exclame-t-elle d'un trait, sans reprendre sa respiration, ce qui frôle l'exploit, surtout en étant toujours coiffée de cette capuche contre la pluie qui a glissé quelque peu sur ses yeux.

Je suis gêné pour elle et en même temps, un drôle de sentiment m'envahit en la voyant le toiser, menton levé, avant de se rendre compte de sa coiffe, qu'elle arrache d'un seul coup. Elle se retrouve alors avec les cheveux totalement ébouriffés. O'Neill doit la trouver drôle ainsi. Pour ma part, je la trouve toujours aussi séduisante.

– Je rêve ou vous vous payez ma tête ? s'offusque-t-elle envers O'Neill, tandis que moi, je ne l'en admire que davantage.

Elle dégage une telle grâce, même ainsi !

– Je n'oserais pas ! s'exclame ce dernier, se retenant de rire plus encore.

Della grommelle quelque chose, avant de jeter à la figure de mon ami le fond de son chocolat, qui a dû tiédir depuis tout ce temps. O'Neill ne s'écarte toutefois pas assez rapidement. Son pull bénéficie du même traitement que le mien, si ce n'est une moindre quantité de liquide, le maquillage en moins.

– *Dáiríre ! An raibh leomh aici*[1] *?*

1. En irlandais dans le texte : « Sérieusement ! Elle a osé ? »

– *Is cosúil liomsa é...*[1], réponds-je en souriant.

– Mais que dites-vous tous les deux ! s'écrie-t-elle.

O'Neill s'approche d'elle, les mains en avant, comme si elle pouvait encore lui sauter à la gorge.

– Je suis vraiment navré pour ce qui vous est arrivé, mademoiselle. Et croyez-moi, je n'avais aucune idée que votre valise n'était pas dans le coffre. Je suis monté en même temps que vous et...

– Et vous auriez dû en descendre par courtoisie et me laisser ce taxi ! lui reproche-t-elle, lui coupant la parole, toutefois d'une voix plus calme que précédemment.

– C'est vrai. Vous avez tout à fait raison, mais j'ai tout de même payé la note complète, se défend-il, avant de se frotter l'arrière de la tête, plus gêné que jamais par sa propre réponse.

En remarquant les prunelles de Della s'écarquiller à leur maximum, je me demande comment mon ami va se sortir de là.

– Vous avez payé la note ! Vous avez payé la note ! C'est une plaisanterie ! Et ma valise ! Qui va me rembourser ma valise et tout son contenu ? s'exclame-t-elle, les joues rouges de colère.

Je la trouve néanmoins encore plus belle que tout à l'heure, malgré sa chevelure cuivre en bataille.

– Et d'ailleurs ! Où est passée votre mère, qui a soi-disant chuté ?

Devant la mine déconfite d'O'Neill, je sens qu'il n'est pas près de se sortir de ce pétrin. Je décide de venir à son secours en tentant de m'interposer entre eux deux. Mais Della lève la main pour m'interrompre.

– Non ! Je veux une réponse de sa part, Monsieur Météo ! s'écrie-t-elle soudainement à mon encontre.

---

1. En irlandais dans le texte : « Ça m'en a tout l'air... »

Puis, je la vois pointer l'index droit vers mon chat, qui a décidé de se relever en la voyant m'agresser.

– Et toi le chat-tigre, je te conseille de ne pas m'approcher ! ajoute-t-elle d'une voix si ferme qu'O'Hara miaule bruyamment, avant de se rallonger de tout son long sur le sol.

Ce qui me surprend grandement. La plupart du temps, O'Hara n'en fait qu'à sa tête et n'obéit jamais qu'à ma sœur ou moi.

– Je suis désolé de vous avoir menti, mademoiselle, finit par dire O'Neill. Ma mère est morte il y a de nombreuses années.

À sa réponse, le visage de Della se métamorphose et ses traits de colère s'adoucissent totalement, jusqu'à disparaître.

– Mais pourquoi m'avoir servi un tel mensonge ?

– Parce que j'étais déjà très en retard pour libérer mon ami Ryan, qui gardait ma boutique le temps d'accompagner un ami à l'aéroport. Dans le parking, ma voiture n'a pas voulu démarrer et j'ai dû prendre un taxi en urgence. Je suis vraiment navré. Dites-moi ce que je peux faire pour vous ? lui demande O'Neill de sa voix la plus douce. J'ai dans mon magasin de quoi vous faire une trousse de toilette, avec tout ce qu'il faut pour ce soir et même plus... Servez-vous.

Pendant qu'O'Neill s'occupe d'elle, mon téléphone sonne de nouveau. La musique d'*Autant en emporte le vent* s'élève de ma poche, tandis qu'O'Hara se redresse en miaulant comme une tondeuse à gazon. Il adore cette musique !

– Allô, Ciara[1] ! réponds-je.

– Eh bien alors ! Je t'ai appelé il y a au moins dix minutes et tu n'as pas décroché ni daigné me rappeler ! Tu es encore chez O'Neill ?

– Oui, mais j'allais partir.

1. Ciara est un prénom féminin irlandais qui se prononce « Kee-ra ».

– Demande-lui s'il veut manger avec nous.

– OK, je le lui demanderai.

– Eh bien, demande-lui maintenant, j'attends !

Ciara a toujours le chic pour me mettre dans l'embarras. Je me détourne d'O'Hara, qui est venu se frotter contre mes jambes, pour aller questionner O'Neill.

– Désolé de vous interrompre, dis-je à l'intention de ce dernier et de Della dont il s'occupe toujours, tandis que je remarque que celle-ci tient un petit panier rempli de coton, de démaquillant, d'une brosse à dents, d'un tube de dentifrice et de bien d'autres produits nécessaires pour une toilette. Ciara demande si tu veux dîner avec nous, demandé-je à O'Neill dont le regard s'illumine instantanément.

Je sais qu'il a toujours eu le béguin pour ma sœur, même s'il ne veut toujours pas se l'avouer.

– Oh, oui, avec plaisir ! Mais tu n'as pas encore des livraisons à faire ?

– Si, juste une dernière au *Crown Bar*.

– OK, je termine avec mademoiselle. Je t'attends ici ou tu préfères qu'on y aille directement ?

– Non, termine avec la demoiselle et je reviens te prendre dans une vingtaine de minutes, OK ?

– Parfait !

– Della, dis-je en saluant celle-ci, qui fixe mon pull tout taché.

J'avais complètement oublié ce détail. Néanmoins, elle s'approche de moi et, à voix basse, elle me présente ses excuses, en posant les deux mains sur mon avant-bras.

C'est surprenant, moi qui ne m'attache jamais aux femmes par peur de souffrir, j'ai soudain envie de l'enlacer pour la protéger presque d'elle-même. Mais je ne me sens pas assez séduisant avec mon pull en laine de mouton, tout maculé de chocolat, pour tenter quoi que ce soit.

– Ce n'est rien, je vous assure, mademoiselle, lui réponds-je en arrangeant sa chevelure, sans même m'en rendre compte.

Elle se laisse faire en rougissant de plus belle, tout en se mordant la lèvre inférieure.

Punaise ! Si O'Neill n'était pas là, et si j'en avais surtout le courage, je crois bien que je…

Je préfère ne pas terminer ma phrase, même si elle n'est dite qu'en pensée. J'enfile mon blouson, oubliant de nouveau mon pull taché, en jetant un œil vers mon chat.

– Allez, viens, O'Hara ! Laissons tranquille la demoiselle, dis-je, m'apprêtant à quitter les lieux, le cœur battant…

– Allô ? Allô !

J'entends soudain la voix de Ciara hurler dans mon téléphone. Je l'avais complètement oubliée !

– Ciara ! C'est Ryan, dis-je bêtement, tout en fixant Della qui s'éloigne de moi pour rejoindre O'Neill.

Je suis heureux de la voir se retourner une dernière fois sur moi. Des papillons m'agitent le cœur, tandis que la voix de Ciara s'élève dans mon oreille.

– Oui, je sais que c'est toi, je te signale que l'on discutait, il y a tout juste trois minutes. Alors, qui est cette demoiselle ? m'interroge-t-elle d'une voix soupçonneuse.

– Je ne vois pas de quoi tu parles ! réponds-je dans un murmure. O'Neill accepte ton invitation, préféré-je lui dire, afin de couper court à toute nouvelle question de sa part.

Elle rit à gorge déployée à l'idée qu'elle va revoir O'Neill. Mais je reconnais en même temps une certaine moquerie de sa part, car elle aime à me taquiner. Je finis par raccrocher, bien que je sente que Ciara n'en a pas fini avec moi. Je sais pertinemment qu'elle ne va pas me lâcher si facilement et me torturera durant tout le dîner…

Chapitre 6

Della

Mon dresseur de tigres s'en est allé avec son chat géant. Je ne me remets pas encore de son geste attentionné. Il est clair que je ne dois pas être super sexy, totalement trempée et toute décoiffée. Le propriétaire des lieux me fait sortir de mes réflexions en me proposant un pull.

– C'est un véritable pull tricoté main, m'assure-t-il fièrement.

– C'est l'un de chez Mam'Michigan, lui fais-je remarquer, maintenant que j'ai compris qu'elle doit avoir une usine de fabrication pour abreuver ainsi toute l'île d'émeraude.

– Vous connaissez ses pulls ?

– Euh... pas vraiment, mais depuis mon arrivée à l'aéroport, je n'arrête pas d'en entendre parler.

– Eh bien, nous, les gens d'ici, nous ne sommes pas des fortunés. Cependant, on a une devise et c'est l'entraide. Alors, pour que la vieille puisse manger à sa faim, nous lui achetons des pulls ! D'autant que ceux-ci sont agréablement doux et chauds, ajoute-t-il afin de me convaincre.

J'accepte son offre, d'autant que je grelotte toujours autant. Il me propose de me changer dans son arrière-boutique. Je n'hésite qu'une seconde, j'ai bien trop froid.

Pendant que je suis partie me changer, il en a profité lui-même pour changer de haut et emballer tous les articles qu'il a décidé de m'offrir. J'en suis contente, mais à la fois cela me gêne. Après tout, s'il y est pour quelque chose dans la perte de ma valise, il n'est pas totalement fautif. Je n'avais qu'à faire attention à ce que le chauffeur la mette bien dans son coffre. Et puis, avec tous les articles et verres que j'ai brisés avec mon sac, je ne suis pas certaine que ce ne soit pas plutôt moi qui lui doive de l'argent... D'ailleurs, en parlant d'argent, je récupère ma carte de crédit, que j'avais oubliée dans la machine à boissons et O'Neill me propose de m'offrir un nouveau chocolat chaud. Je me délecte aussitôt de la chaleur du gobelet en le tenant à deux mains.

– Où avez-vous prévu de vous rendre ? me demande-t-il.

– J'ai une réservation faite au *Celtic TownHouse*, lui réponds-je, en portant à ma bouche ladite boisson chaude.

– Vous êtes certaine du nom ? me demande-t-il fort étonné, tandis que j'avale une longue gorgée.

Cela me fait un bien fou. Après tout, j'ai toujours les pieds trempés et il me tarde de me plonger dans un bon bain chaud.

– Oui, c'est le nom que m'a transmis mon assistant : *The Celtic TownHouse* à Milltown Co. Kerry, poursuis-je en continuant de boire mon breuvage.

– Hum... Le problème, c'est que ce n'est pas ici.

– Que voulez-vous dire ?

– Que ce n'est pas le bon Milltown. Ici, c'est Milltown Co. Dublin. L'autre se trouve dans le comté de Kerry.

– Bon, eh bien, je crois que je n'ai plus qu'à reprendre un taxi ! m'exclamé-je en finissant d'avaler goulûment mon chocolat.

– Ça fait tout de même une trotte jusque là-bas !

– Une trotte… comment ? demandé-je en soulevant le couvercle de mon chocolat, pour le finir jusqu'à la dernière goutte.

– Eh bien, c'est au moins à trois cents kilomètres d'ici !

Je manque presque de m'étrangler en entendant sa réponse.

– Non ! Non ! Vous faites erreur, c'est certain ! contesté-je, l'index gauche relevé, comme si j'étais en train de plaider en plein tribunal.

– J'aimerais véritablement me tromper, mais je connais bien *The Celtic TownHouse* et je vous assure qu'il ne se trouve pas à côté !

– Nous revoilà ! entends-je derrière moi.

Le propriétaire des lieux et moi-même nous retournons vers cette exclamation qui nous interrompt. Il s'agit de Ryan Flanagan, de retour avec… son chat-tigre !

– Tu es prêt à partir ! demande-t-il à son ami.

– Hum… presque !

– Que se passe-t-il ?

– Eh bien, mademoiselle est censée se rendre à l'hôtel *The Celtic TownHouse* et…

– *Fiouu !* Ce n'est pas la porte à côté ! l'interrompt Ryan Flanagan.

– Je sais, c'est ce que je lui ai dit juste avant ton arrivée ! rétorque son ami, une expression d'évidence plaquée sur le visage.

Devant tant de certitude, la mienne me tombe dans les chaussettes. Enfin, ce serait le cas si j'en portais, ce qui est plutôt rare, car je suis adepte des talons et des bas… Et le chat-tigre semble vouloir me les filer en venant se coller à mes jambes.

– Non ! Toi, tu restes loin de moi ! affirmé-je, tout en le pointant fermement du doigt.

Ce qui semble fonctionner, car il repart vers son maître. Je remarque alors que ce dernier semble étonné par son obéissance, ce qui aurait pu me faire sourire, si je n'étais pas si inquiète de me retrouver à la rue ce soir.

– Bon, eh bien, je crois que je n'ai plus qu'à commander un taxi ! dis-je, la mine déconfite. J'espère juste que ma réservation tiendra encore en arrivant après dix heures du soir !

– Je peux passer un coup de fil tout de suite au directeur de l'hôtel, si vous le souhaitez ! Je le connais bien et je suis certain qu'il n'y aura pas de souci ! m'assure celui qui se nomme O'Neill.

– Vous connaissez réellement bien quelqu'un qui habite à trois cents kilomètres d'ici ? m'étonné-je.

– Oui, c'est l'ancien propriétaire du pub situé à deux pas dans notre rue ! m'informe-t-il.

Malgré ma surprise, j'acquiesce aussitôt à son aimable proposition.

– Je peux avoir votre nom ? me demande-t-il aussitôt.

Je m'étonne qu'il me pose cette question, avant de comprendre que c'est évident, il a besoin de mon nom pour confirmer ma réservation. Je rougis néanmoins à ma réflexion silencieuse, qui aurait pu me mettre dans l'embarras.

– Je m'appelle Della de Bourgh, dis-je avec une petite grimace, espérant qu'aucun des deux hommes ne fera le rapprochement avec mes odieux parents riches à millions…

Pendant que celui qui se nomme O'Neill s'entretient, comme prévu, avec le gérant de l'hôtel, je me retrouve face à Ryan Flanagan, qui retire son blouson. Je ne peux m'empêcher de constater encore une fois les dégâts sur son pull tricoté main.

– Je suis encore navrée pour votre pull, dis-je avec une petite grimace de désolation.

– Oh, ce n'est rien ! Ne vous souciez pas pour ça. Arrivé à la maison, il passera en machine, même si ce n'est pas vraiment recommandé, mais… non, ne vous inquiétez pas, insiste-t-il.

Sa réponse installe un silence entre nous, même si en guise de compréhension, je souris sans montrer mes dents. Je finis par rompre celui-ci.

– Alors, la livraison ? Ça s'est bien passé ? ne sais-je que lui demander vraiment.

– Ah, oui, la livraison ! Oui, ça s'est très bien passé, me répond-il.

Ce qui ne nous fait pas évoluer grandement dans notre échange. Je décide néanmoins de pousser un peu plus ma curiosité, me donnant encore une fois l'impression de faire un contre-interrogatoire devant un tribunal.

– Et c'était une livraison de quelle sorte ?

– Des gâteaux !

– Des gâteaux ?

– Oui, des gâteaux ! répète-t-il en rougissant un peu.

Eh bien, avec ça, me voilà bien avancée !

Ou bien alors, il n'a tout simplement pas envie de converser avec moi… Je patiente une dizaine de secondes avant de poursuivre notre drôle d'échange.

– Vous êtes donc livreur de gâteaux.

– Non, enfin, oui, en quelque sorte. Je livre ce que je pâtisse, lâche-t-il en rougissant de plus belle.

– Vous êtes pâtissier ? demandé-je avec surprise.

– Oui, je pâtisse dans mon atelier situé chez moi et ensuite je livre dans la plupart des restaurants, pubs, hôtels, et même certaines boulangeries !

Que j'aimerais pouvoir avoir autant de certitude dans mon travail que lui à me révéler le sien, qui semble plus être une passion. Cuisiner est quelque chose qui m'attire depuis toujours, mais je n'ai jamais osé franchir le pas comme lui.

– Vous m'impressionnez, ne puis-je m'empêcher de lui dire, tant je le suis vraiment.

– Merci, répond-il avec, soudain, une certaine retenue.

Il me fait carrément craquer !

Chapitre 7

Ryan

– Si vous voulez, il me reste quelques petits gâteaux dans le coffre de mon SUV.

– Vous n'avez pas tout vendu ?

– Si ! Je ne confectionne qu'à la commande ! Ceux qui me restent sont pour ma sœur ! Je dîne chez elle ce soir et j'aime lui apporter des petites pâtisseries du jour ! m'exclamé-je avec fierté.

– Pourquoi pas ? Mais je vais peut-être attendre que votre ami me dise ce qu'il en est avec ma réservation.

– Oui, vous avez tout à fait raison, d'autant que je crois qu'il est en train de raccrocher.

Nous patientons deux secondes avant qu'O'Neill nous regarde tour à tour, puis s'adresse à Della, l'air ennuyé.

– Je suis désolé, mademoiselle, mais votre réservation n'a pas été confirmée. Elle a été donnée à quelqu'un d'autre !

– Comment ça ? Mais bien sûr que si, mon assistant Bruce m'a fait un check sur son courriel. Il l'a confirmé, c'est obligé…, lâche-t-elle d'une voix déclinante, une forte angoisse dans la gorge, tout en recherchant ledit courriel dans son téléphone.

J'ai vraiment envie de l'enlacer afin de la rassurer. Mais, je ne suis pas certain qu'elle apprécierait cette attention.

– Je suis vraiment navré, lui répond O'Neill en se frottant le menton.

– Darragh[1] n'avait pas une autre chambre de disponible ? demandé-je à mon ami, voyant le désespoir s'imprimer sur le beau visage de Della.

– Non, il affiche complet jusqu'au nouvel an ! Il a signé un contrat avec un tour operator asiatique et il a deux cars complets arrivés ce matin !

– Mais où vais-je dormir ? demande-t-elle, interloqué, le regard soucieux, tout en passant un coup de fil, certainement au fameux Bruce.

Elle patiente quelques secondes avant de raccrocher.

– Il ne répond pas. Il doit être occupé avec...

Elle ne termine pas sa phrase tandis que sa voix se brise. Je fixe O'Neill une seconde. Peut-être deux avant de lâcher tout de go :

– Ne vous inquiétez pas, je ne vais pas vous laisser dormir dehors !

O'Neill écarquille les yeux, certainement aussi surpris que je le suis d'avoir fait cette proposition au débotté. J'ai une folle envie de la protéger, comme cela ne m'est jamais arrivé de le faire pour une femme. Jusqu'à présent, j'avais cette attention uniquement pour ma sœur, mais Della m'attire plus que je ne saurais me l'avouer...

– Je vous emmène chez ma sœur ! Ce sera pour vous l'occasion de goûter la meilleure cuisine irlandaise du coin !

Je ne sais que dire de plus, de peur qu'elle m'envoie paître avec les moutons du coin, avec ma drôle de proposition, sans doute déplacée.

1. Darragh est un prénom masculin irlandais qui se prononce « Da-ra ».

Mais elle n'en fait rien, à tout le moins, dans le sens de réfuter mon offre. Au contraire, elle me sourit et me remercie, plutôt rassurée. J'enfile rapidement mon blouson avant qu'elle ne change d'avis et demande à O'Neill s'il est prêt, chose qu'il me confirme aussitôt.

– Alors, on peut y aller ! dis-je à leur intention, avant d'interpeller mon chat. O'Hara ! Debout, mon gros, on y va !

Le temps que mon ami ferme sa boutique, j'envoie rapidement un message à Ciara pour lui dire qu'il y aura une personne de plus à dîner. Puis, sans attendre sa réponse, nous nous dirigeons vers mon SUV. J'installe aussitôt O'Hara avant qu'il ne décide de prendre la tangente. Puis, je me tourne vers *elle*…

– Della, préférez-vous monter devant ou à l'arrière avec O'Hara ?

– Je préfère devant, si cela ne vous dérange pas, lâche-t-elle d'une douce voix, que je trouve mélodieuse.

Heureusement, O'Neill ne tarde plus. Je me sens tout chose tandis que je m'installe au volant après avoir ouvert la porte à Della, afin qu'elle s'installe confortablement.

Je soupire discrètement. *A priori*, pas assez pour que mon ami ne m'interroge.

– Ça va, l'ami ?

– Hum… Oui, bien sûr que ça va ! réponds-je un peu trop brusquement.

Ce qui fait élargir le sourire d'O'Neill, lequel doit se faire des films, comme toujours. Enfin, il se peut qu'à cet instant présent, je m'en fasse tout autant, surtout lorsque Della n'arrive pas à attacher sa ceinture de sécurité. Je m'oblige à me pencher vers elle, sans trop me forcer, évidemment, pour attraper ladite ceinture rebelle. Mon visage frôle le sien. Je remercie en silence les elfes pour ce cadeau, bien que je ne me sente pas du tout à l'aise, tout à coup. Un trop-plein d'émotions m'agite. Je me redresse en tirant légèrement sur la sangle et celle-ci se débloque aussitôt. Je la clipse dans la boucle et m'attache à mon tour. Tout en regardant de nouveau Della, je m'aperçois qu'elle m'offre un large sourire. J'ai très chaud tout à coup. O'Hara en profite pour pousser un miaulement énorme, signe d'une certaine jalousie de sa part, tandis que Della sursaute. Je la rassure en posant une main sur la sienne. Nos regards se croisent de nouveau et je me détourne le premier. Dieu, que la route va me sembler longue !

Je démarre et le titre « I Have a Dream » de l'album *Mamma Mia* s'élève dans l'habitacle de mon SUV. J'adore les comédies musicales et plus encore cette musique. Mais soudain, je me sens un peu ridicule face à Della. Elle va me prendre pour une petite nature !

– J'adore cette musique ! lâche-t-elle tout de go.

Soulagé, je souris tandis que je vois O'Neill dans mon rétroviseur intérieur rire dans sa barbe. Il sait que je suis pudique sur certains de mes plaisirs et la musique en fait partie. Je n'écoute pas ce qu'écoutent en général les autres personnes et plus particulièrement les hommes. Les groupes aux musicalités trop sonores et aux rythmes trop rapides, ce n'est pas pour moi ! Moi, j'adore pâtisser sous les notes de dentelle d'un violoncelle, d'une voix de castrat, de musiques de films et autres notes, qui m'emportent aussi haut que les étoiles brillent. Le film que j'ai le plus vu dans ma vie, c'est *Autant en emporte le vent.* C'est sans doute pour cela qu'O'Hara miaule comme un moteur à pleine vitesse dès qu'il entend la bande originale du film. J'aime aussi les grandes voix et j'écoute fréquemment Céline Dion. C'est vrai que dit comme ça, cela pourrait porter à confusion. C'est sans doute mon côté fleur bleue, même si je ne suis pas un saint non plus. J'ai eu quelques aventures par-ci par-là lorsque je livrais chez certaines de mes fidèles clientes. Oh, que des célibataires à consoler, bien sûr ! Mais rien d'attachant, juste du plaisir pour chacun de nous. Pourtant, ce qu'il s'est passé avec Della, c'est la première fois que je ressens cela. Au fond de mon cœur et de mes tripes, je me sens différent, comme si elle était celle que j'attendais depuis toujours. J'entends soudain la voix de la raison me chuchoter à l'oreille :

Tu te fais une belle idée de ce qui n'est rien... C'est une Anglaise et lorsqu'elle repartira chez elle, tu auras le cœur déchiré...

Je grimace pour moi seul à cette pensée et je soupire très légèrement pour la chasser, en me disant que, pour le moment, Della est ici, avec moi dans cette voiture, et je veux profiter de ces instants que la vie m'offre sans me torturer les méninges...

Ma playlist continue de tourner et Della semble l'apprécier. J'en profite pour lui demander ce qu'elle fait dans la vie, lorsqu'elle ne lance pas de chocolat chaud à la figure des gens et qu'elle n'est pas à la recherche d'un hôtel. Elle ne répond pas à ma question et préfère se confondre de nouveau en excuses. Je la taquine. J'adore son petit rire de gorge lorsqu'elle finit par comprendre que je joue avec elle. C'est alors qu'O'Neill se rappelle à mon bon souvenir. Je l'avais complètement oublié, celui-là !

– Tu sais ce que Ciara a prévu pour le dîner ? me demande-t-il avec un rire moqueur dans la voix.

– Non, mais si tu veux, tu peux l'appeler pour le savoir. Sinon, tu n'as qu'à attendre cinq minutes que nous arrivions chez elle ! lâché-je, un peu énervé que mon meilleur ami m'ait fait sortir de mon petit rêve tout éveillé.

– T'inquiète, mon pote, tu vas pouvoir lui parler toute la soirée et même cette nuit, si elle dort chez toi..., me murmure-t-il à l'oreille droite, afin de ne pas se faire entendre de Della.

Je me sens rougir à cette pensée. Il est vrai que je lui ai assuré qu'elle ne dormirait pas dehors. Mais de là à lui proposer le gîte chez moi, cela me paraît un peu importun. Enfin, surtout pour elle, car moi, cela ne me gênerait absolument pas. Néanmoins, j'espère au fond de moi que Ciara acceptera de la loger. Non, je suis certain qu'elle acceptera, j'espère juste qu'elle le pourra. Elle a une chambre qu'elle loue en B&B. Celle-ci sera peut-être disponible, au moins pour cette nuit. Qui plus est, chaque semaine, elle adopte un animal blessé qu'elle trouve dans la plaine située derrière chez elle. Il n'y a donc pas de raison qu'elle refuse d'adopter temporairement Della, même sur son canapé…

C'est sur cette dernière pensée que je me gare devant chez ma sœur, en descendant rapidement afin d'ouvrir galamment la portière gauche à Della. O'Hara miaule, presque un grognement. Si je ne connaissais pas mon chat, je pourrais être inquiet : il est prêt à m'attaquer parce que je ne m'occupe pas de lui en priorité. O'Neill sort également de mon véhicule et O'Hara en profite pour filer à l'anglaise, en nous passant devant le nez pour aller gratter à la porte d'entrée de ma sœur. Lorsque Ciara nous ouvre, il se love aussitôt comme un malheureux dans ses jambes, en ronronnant comme une tondeuse.

– Eh bien ! Eh bien, qu'est-ce qui arrive à O ? s'exclame-t-elle, étonnée.

Il est vrai que d'habitude, il file en cuisine pour obtenir sa pitance. Cependant, j'ai bien envie de taquiner ma sœur plutôt que de lui répondre directement.

– De quel O veux-tu parler ? Mon chat ou bien O'Neill…

– Ah, ah ! Très drôle ! s'exclame-t-elle en rougissant, tandis que mon ami lui fait la bise.

– Je ne suis pas certain que si je me frotte ainsi contre les jambes de ta sœur, elle ne m'envoie pas une droite ! s'esclaffe O'Neill.

– Eh bien, tu peux toujours essayer…, lâche-t-elle, le regard brillant, tandis que mon ami manque de s'étrangler en entendant sa réponse.

C'est alors que Della, qui a assisté à notre petit cérémonial de retrouvailles, toussote pour nous rappeler sa présence. Ce qui évidemment ne m'avait pas échappé. Cependant, je ne voulais pas être en première ligne en la présentant aussitôt à ma sœur.

– Ciara, je te présente Della. Della, je vous présente Ciara, ma grande sœur.

– Que tu peux être cérémonieux ce soir ! s'exclame ma sœur en me donnant une petite tape sur l'épaule. Enchantée, Della. Mais entrez tous, au lieu de rester dans le hall !

Comme d'habitude, ma sœur n'y va pas par quatre chemins pour dire les choses.

– *Hey*, Ryan ! m'interpelle-t-elle dans un murmure, après avoir refermé la porte derrière nous. Qu'est-il arrivé à son visage ? m'interroge-t-elle, voyant qu'il manquait à Della une belle retouche de maquillage.

J'entrouvre mon blouson et elle constate l'énorme tache de chocolat, ainsi que celle que la Terracotta a laissée sur mon pull.

– Oups ! Eh bien, eh bien ! Tu ne t'es pas loupé ! Ça va être une sacrée dinguerie à détacher !

– C'est clair !

– Tu ferais mieux de demander à la *vieille* de t'en tricoter un nouveau ! m'assure-t-elle, parlant toujours bas.

– C'est exactement ce que j'ai répondu à Della !

Ma sœur me balance un petit sourire mutin, auquel je réponds avec une moue, tout en clignant de l'œil gauche.

– Je préfère ne pas m'étendre là-dessus et changer de sujet, si tu le veux bien…

Ma sœur continue de sourire en hochant la tête, et je n'ai aucune idée de ce à quoi elle pense. Néanmoins, je ne lui laisse pas le temps de réagir et préfère poursuivre en lui demandant :

– Est-ce que tu pourrais la garder à dormir ce soir ? Elle a eu un problème avec sa réservation d'hôtel et sa valise a été détruite par erreur à l'aéroport.

– Oh, mince ! Ne t'inquiète pas, je vais m'occuper d'elle ! Te concernant, va fouiller dans l'armoire de papa. Tu y trouveras un pull propre, continue-t-elle de murmurer avant d'interpeller Della.

Cette dernière, qui a retiré son petit trench-coat, se présente devant ma sœur avec un large sourire, tandis qu'O'Hara vient quémander sa pâtée en me sautant dans les bras, à m'en faire tomber à la renverse.

Heureusement qu'il y a toujours pour lui un stock de nourriture chez ma sœur…

Chapitre 8

Della

Ciara m'entraîne dans sa salle de bains. Je me demande bien pourquoi. Elle appuie sur l'interrupteur et tandis que la pièce s'éclaire, j'aperçois parfaitement mon reflet dans un grand miroir. Je m'empourpre instantanément en voyant les dégâts sur mon visage.

– Oh, Seigneur !

– Pas de panique, j'ai ce qu'il vous faut ! s'exclame-t-elle en me présentant aussitôt du démaquillant. Voici également des lingettes démaquillantes réutilisables. Elles sont tissées très finement en laine de mouton ! Vous allez voir, on dirait de la soie. C'est magique ! Et voici une serviette propre.

– Je vous remercie.

– Et ne vous inquiétez pas pour cette nuit, j'ai une chambre toute prête à vous recevoir !

– Oh, vous me sauvez la vie ! Je vous paierai bien entendu pour le dérangement !

– Absolument pas ! Vous êtes mon invitée !

Je lui étreins les mains en signe de remerciement.

– Bien ! Je vous laisse vous débarbouiller et je vais voir où en sont les garçons avec l'apéritif, ajoute-t-elle en me frottant le bras amicalement.

Je me sens rassurée, malgré la honte qui m'a envahie trente secondes plus tôt. Tout en observant brièvement les dégâts dans le miroir, je dépose du démaquillant sur l'une des petites lingettes en laine de mouton. D'exquises senteurs de fleurs sauvages s'en dégagent et je les hume avec délice. Les restes catastrophiques de mon maquillage disparaissent rapidement et avec facilité. Ma peau est toute douce et ne me tiraille pas du tout. Ce qui me surprend, moi qui ai la peau du visage si fragile et qui dépense un argent fou dans des produits de beauté qui ne me conviennent jamais. Je me demande bien d'où proviennent ces deux produits, car il n'y a aucune marque indiquée, si ce n'est un petit cœur brodé sur les lingettes. Je finis par m'éponger le visage, avant de réapparaître dans le salon où la chaleur d'un feu de cheminée m'enrobe avec délice.

– Je crois que c'est mieux ainsi, dis-je avec une petite grimace, en dressant les deux index vers mon visage, tandis que Ryan, sa sœur et O'Neill me fixent du regard.

– Absolument d'accord avec vous, bien que la capuche en plastique, c'était un sacré style ! me taquine O'Neill, tandis que Ryan s'exclame : Vous êtes parfaite !

Je m'empourpre spontanément, autant par la première remarque qui me fiche la honte que par la seconde qui me donne une vive chaleur aux joues et une rougeur que je sens descendre bien en dessous de ma gorge. J'essaie de me ressaisir. Dieu, que cela m'est difficile !

– Merci, réponds-je toutefois au compliment de ce dernier, tout en grimaçant spontanément à la remarque d'O'Neill.

Ciara fixe soudainement Ryan du regard et O'Neill en fait tout autant.

– Quoi ? Qu'est-ce que vous avez tous les deux ! s'irrite-t-il, se levant pour me proposer de venir m'asseoir à leur table. Venez, Della, prononce-t-il soudainement d'une voix rauque.

Je déglutis, tant cela me remue le ventre. C'est pour le moins troublant, surtout lorsque mes mains frôlent les siennes inopinément, en saisissant en même temps le dossier de la chaise qu'il me destine. Je cherche que dire, sinon le remercier de nouveau. Une fois installée à table, je reste silencieuse quelques longues secondes, regardant ce qui y a été déposé. J'y aperçois plusieurs petites assiettes emplies de fruits rouges, de pommes taillées en fines tranches, de petits légumes coupés en bâtonnets, de tomates cerises confites, de petits morceaux de fromage, certainement du cheddar au vu de sa belle couleur orange, ainsi que des crackers prêts à être tartinés avec les appétissantes verrines qui les accompagnent. Je me dis que si l'apéritif semble déjà bien savoureux, la suite doit l'être plus encore…

Je souris en m'adressant à Ciara en train de disposer des verres vides devant elle, en vue de les remplir d'un alcool sûrement irlandais. Je la remercie encore une fois pour ses attentions dans la salle de bains et en profite pour lui demander des renseignements sur ces fameux produits de beauté. Elle s'interrompt dans son service pour me répondre.

– Alors, le démaquillant est une de mes fabrications maison, m'informe-t-elle, et les lingettes pour se débarbouiller sont la création de la vieille Saoirse[1]. J'ai bien l'impression que vous les avez appréciées.

– Je veux les adopter, vous voulez dire ! Elles sont totalement magiques !

– Je vous l'avais dit ! s'esclaffe-t-elle avec un large sourire.

1. Saoirse est un prénom féminin irlandais qui se prononce « Ser-sha ».

– Il me faut absolument ces deux produits dans ma trousse de beauté ! m'exclamé-je, ravie de savoir que, dans mon malheur, je vais peut-être trouver finalement un bon soin pour ma peau.

– Eh bien, vous trouverez cet élixir dans votre chambre, car c'est l'un de mes petits cadeaux de bienvenue, avec des bougies à la vanille. Concernant les lingettes démaquillantes lavables, nous pourrions nous rendre demain chez la vieille Saoirse, si la neige n'a pas recouvert toute la colline ! me propose-t-elle.

– La neige ?

– Eh oui ! Après votre arrivée, la neige s'est mise à tomber et elle a l'air de bien tenir ! ajoute Ciara.

– Je vous l'avais dit, me dit à voix basse Ryan.

C'est alors que je me souviens que je l'avais surnommé Monsieur Météo. Ce qui me met un peu mal à l'aise…

– C'est vrai que vous me l'aviez assuré, dis-je, la mine déconfite, honteuse de l'attitude que j'ai eue envers lui.

Ce qui a le don de le faire sourire plus largement, tandis qu'il ajoute dans un murmure :

– Pas de souci, j'aime bien Monsieur Météo…

Je n'ai pas le temps de rétorquer que sa sœur s'écrie, en s'emparant d'une bouteille d'alcool posée devant elle :

– Eh bien, les garçons, je crois que vous êtes bons pour dormir ici avec nous ! Enfin, vous occuperez le canapé et notre invitée aura la chambre B&B, et moi la mienne, bien sûr ! déclare-t-elle avec un large sourire, en me lançant un clin d'œil.

Je remarque aussitôt que les joues d'O'Neill rosissent, avant même que son regard ne s'accroche à celui de Ciara. Quant à Ryan, il rougit carrément de la tête aux pieds. Je le trouve adorable et il me donne l'impression d'être un petit garçon qui a reçu la meilleure nouvelle de sa vie.

– Alors ? Qui veut goûter à ce vieux Teeling Single Grain ?

– Waouh ! Que fêtons-nous avec une si bonne bouteille ? demande O'Neill.

– Aux elfes qui ont amené la neige ! s'exclame Ryan.

– Oui, eh bien, on sait aussi qu'ils n'ont pas amené que ça ! s'esclaffe O'Neill, accompagné par Ciara.

Je distingue un certain embarras chez Ryan. Cependant, il n'a pas le temps de dire quoi que ce soit, car Ciara présente à chacun un verre qu'elle vient de remplir. Le liquide brun vacille dans les verres en cristal, tandis que tous trois portent leur verre à la hauteur de leur visage. Je les imite aussitôt, bien que je ne boive jamais d'alcool.

– Aux elfes, alors ! renchérit O'Neill.

Nous répétons tous les trois ses paroles en faisant s'entrechoquer nos verres. Puis, je porte le mien à mes lèvres et avale une belle gorgée.

– Hum… il est très fruité et… aoutch !

Je n'ai pas le temps de terminer ma phrase que je me mets à tousser.

– Faites attention, il a un degré d'alcool très élevé pour un whisky…, me lâche Ryan en avalant le sien d'un trait.

Je le regarde faire et décide de ne pas me laisser impressionner par sa remarque, tant j'ai la gorge irritée et que mes yeux soient à la limite des pleurs. Je porte de nouveau mon verre à mes lèvres et le vide d'un trait.

– Ah, oui, quand même ! déclare O'Neill, sous l'œil étonné de Ryan, qui ne me lâche pas du regard.

Je sens une certaine surprise admirative et lui souris en retour, bien que je tente avec force de retenir les larmes qui me sont montées instantanément aux yeux.

Un silence pèse quatre ou cinq secondes, avant que tous trois n'éclatent de rire en me regardant.

– Eh bien, on a une gagnante ! s'exclame O'Neill avant de poursuivre : même Ciara ne s'y risquerait pas !

C'est alors que Ciara le fixe avec ses prunelles mordorées, qui en disent long sur sa volonté de répondre à ce défi, si tant est que celui-ci en soit un. Tout en levant de nouveau son verre, son regard rivé à celui d'O'Neill, elle avale d'un trait le liquide brun dont les effluves fruités parfument toute la pièce.

– Je crois que l'on peut dire que tu es un petit joueur, mon cher O'Neill, car il n'y a que toi qui n'aies pas suivi..., balance Ryan avec un petit rire moqueur.

Je sens que malgré la petite provocation qui se joue entre eux, Ryan et lui sont de très bons amis.

– J'avoue que là, je suis soufflé, lance O'Neill avant d'avaler d'un trait son verre, tout en continuant de fixer Ciara.

Ses deux acolytes tapotent aussitôt de leurs mains le bord de la table en signe d'acclamations. Ce qui me fait rire, tout en les imitant spontanément. Puis O'Neill continue de fixer Ciara avec un large sourire, laquelle l'imite en dévoilant, elle aussi, ses belles dents blanches.

Tandis que se joue un jeu d'attirance dans cette pièce, je ressens un certain vertige, bien que je sois toujours assise. Mais je ne veux pas montrer à Ryan que je n'arrive pas à tenir la distance. Cependant, dans ma tête, je me dis qu'il faut vite manger pour « éponger » ce verre de whisky qui me donne déjà bien chaud...

Je me régale avec tout ce qui se trouve sur la table et j'apprends, durant ce petit encas, que Ciara est un fin gourmet qui cuisine depuis son plus jeune âge. Elle est célibataire et se débrouille toute seule pour vivre, en louant plusieurs fois dans l'année une chambre d'hôte et en vendant sur les marchés ou par correspondance tout ce qu'elle fabrique, tels son eau florale, ses bougies aux diverses senteurs, ainsi que de magnifiques talismans, qu'elle confectionne avec de petits galets plats qu'elle grave de signes et d'autres runes, avant de les monter en colliers ou en bracelets. Je suis fortement impressionnée par sa personnalité, elle me fait penser à une petite fée.

Enfin, si tant est que cela me soit possible d'en rencontrer véritablement une, un jour, pour comparer !

Cette dernière réflexion burlesque pousse Ryan à me demander pour quelle raison je souris ainsi. Malgré le degré d'alcool qui flotte dans mes veines, je préfère toutefois m'abstenir de lui révéler la teneur de cette pensée farfelue.

Chapitre 9

Ryan

– Je souris car votre sœur m'impressionne vraiment, me répond-elle les yeux brillants.

J'avoue ne pas savoir si c'était vraiment cette pensée qui la faisait autant sourire. Elle est si belle sans maquillage, si spontanée dans ses réponses, si…

Mon cœur s'emballe de nouveau et cela ne m'arrive que depuis que je l'ai rencontrée. Elle affole tous mes sens.

– Oui, elle est formidable ! m'obligé-je à répondre, alors que je n'ai qu'une envie, c'est de savoir si un homme occupe son cœur.

– L'homme qui l'épousera aura bien de la chance d'avoir un cordon bleu et une telle créatrice, me dit-elle, réellement convaincue par ses propres paroles.

Moi, je reste jalousement persuadé que celui qui lui volera son cœur à *elle* aura bien de la chance, si tant est qu'elle ne soit pas déjà mariée. Je jette un coup d'œil vers ses mains. Une seule bague en forme de fleur blanche habille son majeur. Cela me donne un certain espoir.

– Oui, je suis bien d'accord avec vous, réponds-je avec un large sourire, soulagé par ma découverte, tandis que je la vois tourner la tête en direction d'O'Neill, en grande conversation avec Ciara.

Aucun d'eux ne remarque qu'ils sont plus ou moins le sujet de notre échange. C'est certainement l'alcool qui m'embrouille le cerveau, car je ne suis pas un grand buveur et que j'ai vidé mon verre uniquement pour impressionner Della. Mais j'ai si envie d'en savoir un peu plus sur elle que le courage m'envahit pour le faire. Mais c'est elle qui me prend de court...

– Je vais peut-être vous paraître indiscrète, dit-elle sur le ton de la confidence, mais il ne se passerait pas quelque chose entre eux ?

– Oh, pour qu'il se passe quelque chose, il faudrait que ce grand benêt qui me sert d'ami depuis les bancs de l'école se lance dans une véritable déclaration, une bonne fois pour toutes, l'informé-je à voix basse. Cela fait des années qu'il est amoureux de ma sœur. Cependant, comme elle est plus âgée que lui, je crois bien qu'il craint qu'elle ne le repousse.

Della continue de me fixer du regard, comme si elle analysait ce que je venais de lui révéler. C'est alors qu'O'Hara décide de venir ronronner pour sortir. Évidemment, il s'est rempli la panse et il faut bien qu'il la vide...

Je m'excuse auprès de Della et me lève de ma chaise pour me rendre au-dehors avec mon chat. O'Neill en profite aussitôt pour nous accompagner. Une fois dehors, ce dernier ne peut s'empêcher de me questionner.

– Alors ? Tu n'arrêtes pas de discuter avec elle, qu'as-tu appris ?

– Dis donc, depuis quand es-tu passé du côté de l'inquisition, toi ? lui demandé-je avec un sourire. Je n'ai rien appris de spécial, finis-je par lui dire, tant le regard de mon ami est insistant.

– À d'autres ! me balance-t-il, avant de ramasser de la neige qui s'est déposée en couche épaisse sur la rambarde en pierre des escaliers de l'entrée.

Avec un sourire de garnement, il en confectionne une grosse boule.

– Tu n'as pas intérêt ! le menacé-je avec mon index relevé, malgré un large sourire, prêt à me ravitailler en neige pour me défendre s'il le faut.

– OK, j'abandonne, lâche O'Neill en faisant mine de baisser les bras… avant de me bombarder.

– Tu l'auras voulu ! m'exclamé-je en l'imitant, tandis qu'O'Hara se jette sur lui, ce qui le fait tomber à la renverse et perdre la nouvelle boule de neige qu'il me réservait.

Mon chat, qui est toujours en train de léchouiller tout ce qu'il trouve, en profite pour lui lécher les cheveux remplis de neige, tout en ronronnant. Je m'approche d'eux et bombarde le visage d'O'Neill, qui s'écrie :

– OK ! Je me rends !

Mais ce traître me fauche les jambes et je me retrouve allongé de tout mon long dans la neige épaisse. O'Hara en profite pour se jeter sur moi et me lécher le visage.

– Qu'est-ce qu'il se passe ici ? s'exclame Ciara, en sortant de chez elle, suivie de Della.

O'Neill et moi avons soudain en même temps la même idée crétine. Nous attrapons de la neige rapidement et l'envoyons sous forme de petites boules vers les filles, qui se mettent à crier en se détournant pour les éviter. Mais Ciara est une dure à cuire et ne s'en laisse jamais conter ainsi. Elle profite de ce que nous devons nous ravitailler pour ramasser la neige entassée sur les marches. Puis elle se jette sur O'Neill, qui se retrouve en moins de dix secondes le visage dans la neige, tandis que je me mets à courir après Della, laquelle tente tant bien que mal de m'échapper en s'enfonçant dans la neige avec ses talons. Je la rattrape très rapidement et ne peux m'empêcher de l'enlacer. Elle me prend au dépourvu en m'envoyant de la neige dans la bouche avant que je ne perde l'équilibre et l'entraîne avec moi sur le sol. Je la protège de mon corps, tandis que nous continuons de rire comme des enfants. Nous finissons par nous fixer du regard, toujours en riant, puis nous nous calmons un peu, malgré un large sourire qui reste dessiné sur nos visages. Comme nous ne disons mot, je ne sais pas vraiment ce qu'elle ressent. Cependant, pour ma part, j'ai l'impression que mon cœur veut s'échapper de ma poitrine. Malgré son sourire, je la vois frissonner. Je me relève très rapidement et l'aide à en faire tout autant. Je ne lâche pas sa main après l'avoir relevée ni en retournant vers la maison.

Je ne sais pas ce que cela veut dire et je ne sais pas si j'ai véritablement envie de le savoir. Je veux juste profiter de l'instant. J'enveloppe toujours sa main dans la mienne, lorsque je lance un sifflement pour appeler O'Hara, lequel rapplique aussitôt. Sans un mot, nous entrons et je l'entraîne à ma suite, afin de nous tenir debout devant le feu qui crépite dans la cheminée, tandis que mon chat s'étale de tout son long sur le sol que les flammes ont réchauffé. Je remarque que Della frissonne de nouveau. Je passe la main dans son dos pour la frictionner et elle se laisse faire. Il me semble presque entendre un petit gémissement de bien-être dans sa gorge. Ce qui m'affole… C'est alors que ma sœur et mon ami refont surface. Je retire prestement la main du dos de Della et rougis comme si je venais de me faire prendre pendant le casse du siècle.

Devant leurs regards ahuris, je décide de prendre les devants.

– Eh bien, on se demandait où vous étiez passés ! m'écrié-je d'une voix assez haut perchée.

– Eh bien quoi ? Nous n'étions pas très loin, rétorque Ciara, avant de s'adresser à O'Neill : Au fait, mon garçon, si tu veux apprendre à combattre, n'hésite pas, je peux te donner quelques cours de survie…

Je souris, soulagé de ne pas avoir été taquiné par ma sœur ou mon ami, lequel vient de se voir tendre une perche géante. J'espère qu'il saura saisir cette opportunité. Néanmoins, je ne me sens pas très à l'aise de voir ma sœur draguer ouvertement mon ami, car je préférerais le voir agir, lui, en priorité. Mais je crois que Ciara en a un peu assez d'attendre.

– Bon, je crois que nous sommes bons pour nous sécher et toi, mon cher frère, tu vas pouvoir jeter ce pull ! s'exclame-t-elle, tandis que la neige qui a fondu fait dégouliner les taches qui le maculent toujours. Je croyais t'avoir dit qu'il y avait des changes dans l'armoire de papa ?

– Oui, mais j'ai été accaparé par O'Neill et…

Je n'ai pas le temps de terminer ma phrase. Della m'interrompt en se confondant une nouvelle fois en excuses.

– Je crois que nous sommes quittes, dis-je en retirant un morceau de glace resté accroché dans ses cheveux totalement décoiffés.

– Oh, mon Dieu ! J'avais complètement oublié mes cheveux ! s'écrie-t-elle en posant les mains sur sa tête. Ils vont friser !

– Euh… Je crois que c'est déjà le cas, dis-je en lui souriant de toutes mes dents.

Enfin, j'ai plutôt le sentiment qu'il s'agit d'une grimace, car elle opine du chef avec une moue.

– Bon, au point où j'en suis, je ne suis plus à ça près ! s'exclame-t-elle en haussant les épaules avec un petit rire de gorge.

Je me dis que sa belle humeur ne va pas durer quand elle va se rendre compte de l'état dans lequel se trouvent ses chaussures…

Chapitre 10

Della

Ciara s'adresse aussitôt à son frère et à O'Neill.

– Vous trouverez des vêtements propres dans l'armoire de papa, lâche-t-elle avant de s'adresser à moi. Et nous, nous allons commencer par retirer ces chaussures, car je crois qu'elles sont fichues !

– Oh, non ! mes Louboutin ! m'exclamé-je en remarquant le cuir *mortellement* abîmé et mes talons ébréchés par ma course-poursuite dans la neige.

Un fou rire s'empare de moi, certainement plus nerveux qu'autre chose. Je cogite sur ce voyage qui a déjà quelques répercussions sur mes gains éventuels, car j'ai perdu ma valise Chanel remplie de vêtements de marque, de deux autres paires de chaussures Jimmy Choo et Mach & Mach, d'effets personnels, une petite fortune en produits de toilette, de beauté. Et surtout ma bouteille d'extrait de parfum Yvresse d'Yves Saint Laurent. Je ne peux me passer de ce dernier. Heureusement pour moi, j'ai toujours un petit vaporisateur de sac contenant celui-ci. C'est certainement le seul cadeau utile que maman ait eu l'idée de me faire. Je balaie cette idée à propos de ma mère, car je n'ai pas envie de penser à elle en cet instant, et préfère me dire que toute cette perte n'est que matérielle, tandis que moi, je suis là, bien vivante et le cœur presque heureux. Cette dernière réflexion me donne quelques frissons. Oh, non pas des frissons de froid, mais plutôt quelques émotions plaisantes.

– Alors, voici un pantalon, un pull, et ces sous-vêtements sont tous neufs, car je viens de me les acheter, m'annonce Ciara avec un large sourire.

– Oh, non ! Je ne peux pas les prendre !

– Mais si, vous pouvez ! J'en ai d'autres alors que, vous, vous serez bien contente d'avoir au moins un change, en attendant que je vous emmène faire les boutiques !

Je trouve Ciara fort généreuse, tout comme son frère qui n'a pas hésité à me proposer le gîte avant elle. Même O'Neill m'a offert plusieurs articles de son magasin pour atténuer mon déficit en produits de première nécessité. Oui, je crois bien que dans mon malheur, j'ai une chance inouïe d'avoir fait leur rencontre.

Ciara et moi nous rendons dans la salle de bains pour une toilette sommaire, croisant Ryan et O'Neill qui en sortent, fraîchement débarbouillés. Mon regard s'accroche furtivement à celui de Ryan. Il doit en être à l'identique pour O'Neill et Ciara, car cette dernière laisse échapper le même petit rire de gorge que moi. Quelques minutes plus tard, après nous être changées, nous les retrouvons déjà installés au salon. Je suis contente des habits que m'a prêtés Ciara. Ce pantalon en coton vert kaki et cette chemise en lin épais, d'un joli rose poudré, me vont comme un gant, car nous faisons à peu près la même taille, sauf peut-être au niveau des bonnets du soutien-gorge. Ciara est un peu moins équipée que moi... Ce qui me donne l'impression de faire une taille de plus que d'habitude de ce côté-là, tant mes seins sont dressés plus encore vers ma gorge.

Ça me plaît plutôt bien. Quant à mes pieds, ils sont douillettement installés dans des chaussons en peau de mouton. Je me sens comme chez moi, ce qui marque longuement mon visage d'un large sourire.

– Un nouveau verre ? propose Ciara à tout le monde.

– *Yep !* répond aussitôt O'Neill, tandis que je vois Ryan hésiter.

– Vous dormez là, je te rappelle, lui indique sa sœur, ce qui lui fait finalement opiner du chef.

De fait, je me sens mal de refuser ce second verre. Néanmoins, je précise à Ciara de le remplir moitié moins que tout à l'heure.

Nous trinquons encore aux elfes, aux fées et aux bonnes sorcières, tout en finissant les mets qui se trouvent toujours sur la table. Ce second verre, qui en fait était autant rempli que le premier, me donne le tournis, même si je ne l'ai pas bu entièrement. Je me sens plus légère dans ma tête et j'ai soudain envie de finir la conversation que j'avais avec Ryan avant que son chat-tigre ne décide de nous interrompre pour sortir.

– Vous m'aviez dit tout à l'heure que cela fait des années que votre ami est amoureux de votre sœur, mais qu'il craignait de se faire envoyer promener du fait de leur différence d'âge… Enfin, j'ai l'impression que cela, c'est du passé maintenant, n'est-ce pas ?

– Je crois bien que vous avez raison, répond-il avec un sourire en regardant avec beaucoup de fierté sa sœur tenir tête à O'Neill sur la façon de gérer son affaire.

Pendant ce temps, je me demande comment aborder l'âge de Ciara pour ainsi rebondir et connaître le sien sans trop me dévoiler. Je secoue toute seule la tête en réfutant cette pensée.

Me dévoiler de quoi ? m'interrogé-je silencieusement, remettant en cause mon univers. *Je viens tout juste de rompre mes fiançailles, je ne vais pas m'engager dans une nouvelle relation !*

poursuis-je, toujours en silence. *De toute façon, je ne sais même pas s'il est célibataire ! Et puis, est-ce que Ryan me plaît vraiment ? Je n'en suis pas certaine…*

Je le fixe discrètement quelques secondes, toujours sans mot dire : force m'est de constater qu'il est très beau et qu'il a tout pour me plaire…

– Est-ce que tout va bien, Della ? me demande-t-il, soucieux, posant de nouveau son regard sur moi.

– Oui, je suis juste un peu pompette ! dis-je en riant.

Cette réponse semble lui convenir, car il m'avoue que lui aussi ne tient pas véritablement l'alcool. Je trouve ça formidable qu'un homme puisse confesser si facilement ses faiblesses. Il me fait penser à un bûcheron au cœur tendre. Oui, il commence vraiment à me plaire…

– Quel âge a Ciara ? me décidé-je à lui demander tout de go.

– Trente-huit ans.

– Et O'Neill ?

– Trente ans, comme moi. Et vous ? me demande-t-il sans me laisser le temps de réfléchir.

Je ne prends pas la peine de répondre tout de suite. Aussitôt cette révélation faite, je le fixe en plongeant intérieurement dans des calculs scientifiques afin de savoir notre différence d'âge. L'alcool n'a pas que du bon chez moi, lorsque je me rends compte qu'il m'a fallu plus de dix secondes pour trouver que nous avions trois ans d'écart…

– Je suis plus jeune que vous, l'informé-je avec une moue de dépit, comme si cela allait avoir un impact sur ma vie.

Robert surgit soudainement dans ma tête avec ses trente-cinq ans, me faisant froncer le sourcil comme jamais. Huit ans d'écart, ce n'est pas rien. Il a toujours eu de l'emprise sur moi et je m'en veux encore de m'être laissé duper ainsi. Carlita m'a dit de ne pas penser à lui. Cependant, c'est difficile. On a vécu presque un an ensemble, tout de même, et je pensais qu'il serait le père de mes enfants chéris. Je ne peux pas effacer cela d'un coup d'éponge. Pourtant, ma voisine m'avait assuré que sa demande avait été trop rapide. Cela aurait dû me mettre la puce à l'oreille... C'est alors que Ryan m'interroge, me faisant ainsi ressortir de mes réflexions douloureuses.

– À quel point ?

– À quel point quoi ? demandé-je, égarée dans mon passé qui me meurtrit encore l'esprit.

Il me sourit, n'osant pas me répondre avant que je ne comprenne mon erreur. Mais il est trop tard pour me reprendre, car Ciara s'écrie :

– On dresse ?

– On dresse ! rétorquent d'une seule voix Ryan et O'Neill, ce dernier tapant spontanément sur la table en se levant de sa chaise.

– On dresse quoi ? demandé-je à voix basse à Ryan, espérant ne pas être tombée chez des dresseurs d'animaux, tandis que le chat-tigre rôde toujours dans les parages.

– La table. Mais vous êtes notre invitée alors, je vous en prie, restez assise, m'informe Ryan d'une voix rauque, avant de suivre sa sœur et son ami en cuisine, et tout en me lançant un regard brillant et un merveilleux sourire.

Ma méprise me laisse dans une gêne immense. J'aurais voulu refuser cette proposition et les aider. Cependant, j'ai bien trop la tête qui tourne encore. Je reste donc assise et en profite pour vérifier si Bruce aurait par hasard décidé de répondre à mon appel, et surtout au SMS cinglant que je lui ai envoyé depuis la voiture de Ryan. Mais toujours rien. Il est désespérant ! Moi qui croyais avoir trouvé une perle, je m'aperçois que ce n'est pas le cas et tout cela risque d'autant plus de me coûter ma place, car ce voyage m'est payé uniquement pour que je teste des lieux et leurs environs. Je gamberge de nouveau à propos de Robert, me demandant ce qu'il fait en ce moment, avant de me ressaisir. Toutefois, dans mon cœur une petite douleur a ressurgi, en pensant à la façon dont il a agi avec moi. C'est vrai que je pensais l'aimer et, en fin de compte, c'est plutôt mon ego qui a été touché.

Heureusement que je ne l'ai pas présenté à mes parents et à ma fratrie ! J'aurais eu droit à toutes sortes de réflexions de la part de ma sœur, à de la moquerie de la part de mes petits frères, et mes parents ne se seraient pas gênés pour me dire que c'était bien fait pour moi, que je n'avais qu'à m'installer avec un homme de mon rang !

Tout cela parce que chez les de Bourgh, durant de nombreuses générations, les unions n'ont été que des mariages de raison établis entre cousins éloignés, uniquement pour conserver la fortune familiale. Maman, avec un certain mépris, nous a raconté un jour qu'il y avait bien eu une branche, les Darcy, qui avait fait perdre la face à l'une des pièces rapportées de la famille des de Bourgh, une certaine lady Catherine[1]. Il se racontait alors qu'un certain M. Darcy aurait annulé son mariage avec sa cousine parce qu'il s'était épris d'une personne de petite condition.

Mon héros !

Cela a malgré tout eu des conséquences : ainsi, le beau-frère de cette lady Catherine, duquel nous sommes les fieffés descendants, a modifié considérablement les termes de son testament afin que la fortune familiale n'échappe plus aux de Bourgh, comme dans cette misérable union avec les Bennet. Ce qui avait eu d'énormes répercussions sur ses descendants. Et depuis,

1. Lady Catherine de Bourgh, M. Darcy et les Bennet sont des personnages fictifs d'*Orgueil & Préjugés*, roman écrit par Jane Austen.

si les liens du mariage ne se concluent plus dans le grand cercle familial, ils sont toutefois actés par des transactions financières qui dépassent la morale.

« Les gens d'en haut se marient avec les gens d'en haut ! » Telle est la devise des de Bourgh…

Mais moi, il n'est pas question que je sois *offerte* par mes parents à un homme qui appartienne à notre sphère, tout bonnement parce que cela permettrait d'agrandir et de conserver la fortune au sein de la famille ! Nous ne sommes plus au XIXe siècle !

Je sors de mes pensées douloureuses lorsque Ryan revient de la cuisine, suivi de Ciara et d'O'Neill. Ce dernier murmure quelques mots à l'oreille de cette dernière, qui rougit brusquement, en le fixant d'un regard brillant. La vision de cette scène me fait du bien et j'y souscris, naturellement. Sans conteste, il y a une forte attirance entre eux et cela se voit comme le nez au milieu de la figure. Il serait temps que l'ami de Ryan se lance…

La table est mise en quelques secondes et plusieurs plats la garnissent.

– Hum… Ça sent rudement bon ! dis-je, tandis que je ressens un petit gargouillis de plaisir dans l'estomac.

Heureusement que celui-ci est discret…

– Alors, vous avez ici du bœuf épicé bouilli dans de la Guinness, avant d'être rôti avec des épices, accompagné par des carottes coupées en bâtonnets, ainsi que des tomates et des pommes de terre coupées en cubes qui ont tous mijoté longuement dans le jus de cuisson.

– Oh ! là, là ! J'en ai l'eau à la bouche ! m'exclamé-je avec un large sourire, qui fait s'élargir ceux de mes trois compagnons.

– Attendez, ce n'est pas tout ! poursuit Ryan. Là, vous avez de l'*Irish roasted salmon*. C'est du saumon mariné dans un mélange de miel, de vinaigre de cidre, de whisky, de thym et de citron, avant d'être rôti au four et servi avec une salade verte.

– C'est parce que je ne savais pas si vous aimiez la viande, m'informe Ciara. Alors, j'ai cuisiné le plat prévu pour demain midi.

Je la remercie pour cette délicate attention, lui précisant que mon cœur balance entre ces deux plats.

– Rassurez-vous, vous pourrez goûter aux deux ! s'exclame-t-elle. Chez nous, en Irlande, poursuit-elle, la gourmandise fait partie du quotidien, et si vous appréciez ces mets, attendez-vous à être emportée au paradis lorsque vous goûterez les desserts de mon frère ! m'annonce-t-elle fièrement.

– Oh, ce ne sont que des desserts, lâche humblement Ryan en rougissant.

J'adore la façon dont il réagit chaque fois. Je le trouve tendre et depuis que je connais sa playlist, il m'attire quelque peu. Enfin, juste comme ça, bien sûr…

– Quelle modestie, mon frère ! s'exclame Ciara. C'est pour cela que la moitié des Irlandais te passent commande ou te demandent de venir pâtisser sur place !

– *Ooh !* Je trouve cela fantastique de venir comme ça chez l'habitant, déclaré-je, me voyant déjà en train d'apprendre avec lui quelques recettes irlandaises.

– Je suis certain que Ryan pourrait vous enseigner quelques-uns de ses secrets, dit O'Neill, fort taquin, tandis que Ryan secoue la tête négativement, en lui faisant les gros yeux.

Mais trop tard, je l'ai vu faire…

– Vous ne le voudriez pas ? demandé-je spontanément d'une voix teintée d'une certaine déception.

– Je ne suis pas certain que cela vous plairait. Je vous assure qu'il n'y a rien de bien sorcier dans mes recettes, se défend-il sans succès, car je ne compte pas déposer les armes.

– Mais j'aimerais apprendre, je suis une excellente élève, vous savez ! Chez moi, en Angleterre, je suis toujours en train de tester des recettes avec ma voisine Carlita, alors, on pourrait faire un petit échange de nos fiches, proposé-je avant d'ajouter : J'adorerai faire ça avec vous !

Ces derniers mots sont sortis de ma bouche sans que j'aie pu les retenir. Aussitôt ma phrase terminée, je rougis autant que la couleur des écailles de ma Dory, d'une telle proposition au sous-entendu ambigu, tandis que Ryan ne dit mot. Ses joues rosissent de plus en plus. Mais il ne dit toujours rien.

Je crois bien l'avoir choqué…

Chapitre 11

Ryan

Sacré nom d'un elfe ! Elle affole tous mes sens ! Une chaleur m'envahit et je tente de me ressaisir. Elle va finir par avoir ma peau si elle continue à être aussi craquante !

Mon silence doit être embarrassant, car Ciara s'empresse de s'exclamer :

– Eh bien, puisque tout le monde va devoir dormir ici, vous pourrez échanger vos petits secrets tous les deux dès demain matin dans ma cuisine.

Tout en conservant son beau sourire, elle nous sert ses plats qui feraient saliver un mort, tandis que mon cerveau retient que je vais me retrouver seul avec Della en cuisine. Je ne sais pourquoi, mais cela me plaît beaucoup plus que je ne m'y attendais. Pour tout dire, j'en suis complètement heureux. Une fois tous servis, je remarque que Della a un bon coup de fourchette. J'aime les femmes qui ne craignent pas de manger normalement. Si elle mange souvent comme ça, elle doit pratiquer du sport, ou alors elle est dotée d'un sacré capital physique, car elle a une ligne parfaite ! Lorsque je pâtissais chez certaines de mes clientes célibataires, et bien que celles-ci appréciaient mes desserts, la plupart du temps elles ne les grignotaient qu'à moitié. C'était souvent le cas lorsque nous arrivions à terminer une recette.

Il est vrai que parfois ça se terminait autrement…

Mais voilà un moment que je n'ai plus ce genre de relations. D'autant que, depuis, plusieurs se sont mariées, tandis que, moi, je suis resté célibataire, marié à ma cuisine, à mon chat et à ma sœur que j'adore. Ciara m'a pratiquement élevé après la mort de nos parents, alors je lui dois la vie. Même sans cela, je reste certain que je l'aurais adorée à l'identique ! Elle est unique et c'est pourquoi j'aimerais la voir heureuse, même si je présume qu'elle n'est pas malheureuse pour autant.

Repenser à mes parents m'envahit d'une certaine nostalgie. Nous étions heureux tous les quatre. Je n'avais que dix ans quand ils sont décédés et, depuis, leur absence reste douloureuse pour nous deux.

– *Ça va ?* me demande Ciara en articulant silencieusement, car elle a certainement remarqué quelque chose sur mon visage.

– *Ça va*, lui réponds-je de même avec un petit hochement de tête et un sourire timide.

Nous nous fixons quelques longues secondes sans un mot de plus, tandis que nos hôtes n'ont pas remarqué notre échange silencieux, poursuivant chacun la dégustation du délicieux repas que Ciara nous a concocté. Puis Della me fait sortir de ma léthargie nostalgique en annonçant qu'elle se régale. Cette femme reste pour moi un mystère. À tout le moins, pour l'instant. Elle est belle, élégante, raffinée et, pourtant, je ne lui ai vu aucune alliance ou bague de fiançailles au doigt. Je la regarde discuter avec Ciara et on dirait qu'elles se connaissent depuis toujours. Je ne sais combien de temps elle a prévu de rester en Irlande, et je me tâte à l'envie de le lui demander. Une chance, Ciara me coupe l'herbe sous le pied, pour mon plus grand bonheur.

– Je suis censée être en voyage d'affaires. Je devais passer sept jours au *Celtic TownHouse* et visiter les alentours pour ma société, annonce-t-elle sans plus de détails.

Ce qui attise ma curiosité.

– Vous êtes là pour acheter du terrain, de l'immobilier ou…

– Non, non ! Absolument pas ! m'interrompt-elle avec un large sourire. Je travaille pour un tour operator. Je suis payée pour tester des circuits touristiques : vols, hôtels, restaurants et autres lieux de villégiatures.

– Ça m'a l'air génial comme job ! s'exclame ma sœur.

– Oui, la plupart du temps, ça l'est ! Mais ce déplacement risque de me coûter ma place !

– Comment ça ? demandé-je.

– Eh bien, j'étais censée tester le *Celtic TownHouse* pendant cinq jours, noter tous les services que l'enseigne propose et faire en sus quelques activités qui se situent aux alentours. Puis, je devais poursuivre mon périple en me rendant la veille de Noël à Dingle, puis passer le jour de l'an à Cork, avant de reprendre un vol à l'aéroport de cette ville. Cependant, tout est tombé à l'eau quand votre ami m'a informée que ma réservation n'avait pas été confirmée ! Je crains que la suite ne soit plus réalisable…

– Qu'allez-vous faire, alors ? lui demande O'Neill avant moi.

– Je vais repartir chez moi dès demain, si je trouve un vol pour Londres.

– Non ! m'exclamé-je, surprenant tout le monde.

– Comment ça : non ? s'écrie Della, interloquée, en écarquillant ses belles prunelles vertes.

– Je veux dire que… euh… nous avions prévu de pâtisser demain ensemble, sauf si vous ne le voulez plus.

Ma réponse la fait rougir et cela me fait grand bien. Elle accepte alors de déplacer son départ pour le jour suivant.

La joie me fait enfourner une belle bouchée, tandis que je continue à sourire tout en mâchant. J'ai déjà en tête quelques recettes que je vais lui faire exécuter, et cela me ravi.

Entre le plat et le dessert, Ciara décide de faire un petit interlude avec de la musique celtique. *An Irish Party Third Class*[1] s'élève dans la pièce aux décorations de Noël délicates. Ciara se met à danser toute seule avant qu'O'Neill, prenant son courage à deux mains, ne la rejoigne.

Moi, je reste à table au côté de Della. La musique, un peu forte, nous oblige à nous rapprocher pour échanger. Je sens alors son parfum qui m'enivre. Chaque fois qu'elle se penche vers moi pour répondre à une question ou pour m'en poser une, je hume avec délice cet effluve sucré. C'est alors qu'elle tourne la tête vers moi et que j'en fais tout autant. Nos nez se touchent et mon cœur s'emballe. Elle laisse échapper un petit rire de gorge, tout en se détournant lentement. Je sens que je vais faire un malaise vagal si cela continue. Elle me plaît totalement !

– Allez, venez nous rejoindre ! s'exclame Ciara, entraînant toujours à sa suite O'Neill… ou est-ce l'inverse ?

– OK, on arrive ! dis-je en proposant ma main à Della.

Elle hésite un peu, avant de déposer sa main au creux de la mienne.

– Je ne sais pas danser sur ça ! lâche-t-elle avec timidité.

– Cela tombe bien, moi non plus ! dis-je en attrapant sa seconde main. Laissez-vous porter par la musique.

Nous nous tenons les mains et dansons comme sur une farandole. J'ajuste aussitôt mon pas, car je ne veux pas la rendre malade. Le morceau de musique se termine et un nouveau

---

1. *An Irish Party Third Class* est l'un des morceaux de musique de la bande originale du film *Titanic* de James Cameron.

son s'élève, beaucoup plus calme. Les vocalises de Sarah McLachlan[1] sont envoûtantes et Della se rapproche naturellement vers moi. Je l'enlace et je sens qu'elle soupire d'aise. Je m'accorde sur le rythme lent, mais onduleux, des notes de piano tandis que la voix de la chanteuse nous enrobe de sa dentelle. *In the Arms of an Angel* est un morceau que j'adore, d'autant plus que je me retrouve avec Della entre les bras. Mais c'était trop beau pour durer. Notre rapprochement déplaît à O'Hara, qui décide de se glisser entre nos jambes. Miaulant la gueule ouverte, il repousse Della pour la séparer de moi. Elle se recule instantanément et, malgré la peur qui se lit sur son visage, elle le pointe de son index droit.

– Stop ! Il suffit ! Va te coucher et tu ne bouges plus ! s'écrie-t-elle à son encontre, en lui faisant signe de partir.

C'est alors que mon chat obéit, en repartant bredouille. Toutefois, il miaule aussi fort qu'il le peut, tout en se laissant tomber comme un sac de sable devant la cheminée. J'en reste soufflé.

– Vous m'impressionnez, dis-je à Della lorsqu'elle se replace devant moi.

– Pourquoi ? demande-t-elle en se réinstallant entre mes bras, pour mon plus grand plaisir.

– Parce que personne n'a jamais réussi à faire entendre raison à mon mistigri !

– À votre chat-tigre, vous voulez dire ! me reprend-elle avec un large sourire, rivant son regard au mien.

J'acquiesce et elle pose la tête sur le bas de mon épaule. Je trouve cela très érotique de l'avoir ainsi contre moi, bien que je ne ferais aucun geste déplacé envers elle. Je me sens bien, vraiment bien pour une fois et depuis fort longtemps, et j'ai

1. Sarah McLachlan est une chanteuse canadienne.

l'impression de revivre. La musique se termine et Ciara nous propose de repasser à table. Nous nous réinstallons tous les trois, pendant que ma sœur court en cuisine chercher le dessert.

– Et voilà !

Elle le dépose au centre de la table, avant de nous servir.

– Della, combien de *Irish potatoes* vous souhaitez ?

– Oh ! là, là ! Si je mange une pomme de terre de plus, je ne suis pas certaine de pouvoir fermer mon pantalon ! s'exclame-t-elle.

À ces mots, nous rions tous les trois !

– Non, c'est un dessert, l'informé-je. Des *Irish potatoes candies* plus exactement et il n'y a pas de pomme de terre dedans.

– Ah…, lâche-t-elle, s'intéressant finalement à sa composition.

– Alors, il y a principalement du fromage frais, de la noix de coco en poudre, du sucre et quelques autres ingrédients que je tiens secrets… Il vous faudra attendre demain matin pour les connaître, ajouté-je avec un sourire mutin.

– Hum… miam ! Ça me tente bien, en effet !

Je laisse Ciara lui servir deux petites boules, avant de lui souffler à l'oreille :

– Je croyais que vous ne pouviez plus rien avaler…

Elle se met à rire, avant de humer la petite boule qu'elle a piquée sur sa fourchette à dessert.

– Hum… ça sent la cannelle, dit-elle avant de mordre à belles dents dedans.

Elle mâche deux ou trois fois sa bouchée avant de s'exclamer :

– Seigneur ! C'est délicieux !

Je rougis à sa remarque, séduit totalement par son charisme, qui m'attire de plus en plus. Elle est magnétique, avec son regard vert et ses cheveux bouclés, ses petites taches de rousseur et son petit nez retroussé. Elle a véritablement tout pour me plaire et ne ressemble en rien à la femme que je comptais épouser trois ans plus tôt…

Je chasse rapidement de ma tête l'image de Roisin[1] et pique une boule avec ma fourchette à dessert, avant de faire mine de la savourer en fermant les yeux. En vrai, je m'adresse aux elfes et autres sorcières pour les remercier de leur présent avant Noël. Della, c'est un véritable cadeau que la nature a mis sur mon chemin. Je ne sais pas encore ce que la Providence m'a réservé avec elle, mais cette soirée restera gravée dans ma tête longtemps, vraiment très longtemps.

Je sens que la nuit va me sembler longue en attendant, demain matin, de me trouver seul avec elle en cuisine…

---

1. Roisin est un prénom féminin irlandais qui se prononce « Ro-sheen ».

Chapitre 12

Della

– Ciara, votre repas était un vrai régal ! Et concernant ce dessert, m'adressé-je à Ryan, c'était bien une montée vers le paradis ! Votre sœur n'a pas menti ! finis-je de dire en me retenant de bâiller, tandis que frère et sœur sourient avec humilité. Désolée, je suis épuisée, dis-je en regardant l'heure à ma montre connectée. Oh ! là, là ! Il est déjà une heure du matin !

– Oui, je crois qu'il est temps d'aller nous coucher, surtout si vous voulez vous lever aux aurores pour pâtisser…, lâche Ciara avec un sourire.

Puis, spontanément, elle me prend dans ses bras et me chuchote à l'oreille :

– Il y a longtemps que je n'ai vu mon frère avec ce regard. Merci, ajoute-t-elle en me donnant un tendre baiser sur la joue.

Je suis si fortement émue par son geste et ses paroles que j'en ai aussitôt les larmes aux yeux. J'aurais donné cher pour que ma propre sœur ait un tel geste envers moi. Il faut croire qu'il me fallait attendre de rencontrer Ciara pour me rendre compte à quel point cela fait défaut dans ma vie. Oh, j'ai bien Carlita qui est adorable et très tactile, mais elle est plutôt brusque dans sa façon de me serrer contre son cœur. Et même si je l'adore, je n'ai jamais songé à elle comme à une sœur. Cependant, Ciara vient de laisser une empreinte très forte dans mon âme. Je souris, la tête emplie déjà d'étoiles, lorsque Ryan s'approche de moi et à son tour me chuchote d'une voix rauque à l'oreille :

– Douce nuit et à demain matin…

Il dépose également un baiser sur ma joue. Comme je ne m'y attends pas, je lève la tête et la brûlure de son baiser s'imprime sur la commissure gauche de ma bouche. Je rougis en le fixant du regard, et il s'empourpre aussitôt, gêné. Mais je le trouve si tendre et si plein d'attentions depuis le début de notre rencontre que je ne veux pas l'indisposer.

– Douce nuit et à demain matin, répété-je avec un petit sourire, qui accentue le sien.

Puis O'Neill me salue d'un signe de la main, auquel je réponds, tout en le remerciant encore pour la brosse à dents et tout ce qu'il m'a offert, avant d'emboîter le pas à Ciara, qui me conduit à la chambre qu'elle m'a réservée.

– Voici une nuisette et un pyjama pilou-pilou ! Prenez le vêtement que vous souhaitez. Vous savez où se trouve la salle de bains…

J'acquiesce et la remercie une nouvelle fois pour toutes ses attentions.

– Je vous laisse, la cuisine m'attend !

– Attendez, je vais venir vous aider !

– Certainement pas ! Vous tombez de sommeil, lâche-t-elle, tandis que je retiens un nouveau bâillement. Et puis, je compte bien embaucher O'Neill, ajoute-t-elle, avec un clin d'œil assorti d'un large sourire qui ressemble énormément à celui de Ryan.

Elle me serre tendrement les mains avant de quitter la pièce. Une fois seule, je me demande bien ce qu'il m'est arrivé aujourd'hui. Lorsque j'ai quitté Londres hier midi, je ne m'attendais pas à me sentir aussi bien et aussi heureuse en Irlande, pays dont je ne connais pratiquement rien. Il faut dire qu'à force de manquer d'attention familiale, j'ai fini au fil des ans par me convaincre que les choses qui m'arrivaient n'étaient que le fruit du hasard. Enfin ici, je ne sais pas vraiment si cela résulte du hasard…

Ou bien seraient-ce les elfes ? me dis-je avec un petit sourire, en repensant aux paroles de Ryan.

En sortant de la salle de bains où je n'ai croisé personne, je me questionne : est-ce que ce sont peut-être les elfes ou les bonnes sorcières qui ont décidé que mon périple devait se faire ici, à Milltown, comté de Dublin, et non pas à Milltown, comté de Kerry ? Que si j'ai perdu ma valise et tout son contenu, c'était uniquement pour que j'entre dans la boutique d'O'Neill, afin de croiser la route de Ryan ? Que ma destinée n'avait jamais été Robert ? Que même si l'on ne choisit pas sa famille, mais plutôt ses amis, celle de Ryan me plaît assez pour me dire que je pourrai rester un ou deux jours de plus, pour voir où cela me mènerait ?

Je décide de me vêtir de la nuisette pour une raison que j'ignore, moi qui suis plutôt d'habitude pilou-pilou, puis je me glisse entre les draps en flanelle. Une fois confortablement installée, j'actualise une dernière fois mes courriels, au cas où Bruce aurait finalement décidé de me répondre. Mais toujours rien de ce côté-là. S'il n'était pas si tard, je l'appellerais pour lui exprimer le plus profond de ma pensée. Je me connecte à mon WhatsApp et je vois que mes alertes étaient mises en position veille. Sûrement depuis que j'ai dû arrêter mon téléphone dans l'avion. Je lis alors deux messages de Carlita :

« Coucou, ma bellissima,
On espère que tu es bien arrivée !
On t'embrasse tous les 3 !
Dory, Rocky et moi »

Ce message est assorti d'une photo sur laquelle figure Carlita, avec un large sourire, tandis que j'ai l'impression que Rocky louche avec ses yeux globuleux et son petit bout de langue qui pendouille dans sa toute petite gueule. Quant à ma Dory, elle se trouve bien évidemment dans son bocal. La revoir me fait monter les larmes aux yeux. C'est sûrement idiot, mais j'adore mon poisson rouge ! Le second message est plus léger, car Carlita s'inquiète de mon silence. Il est assorti de nombreux points d'interrogation. Je décide de faire un selfie en réponse, malgré l'heure tardive. J'y ajoute un petit message moi aussi.

« Coucou, ma voisine préférée,
Je suis bien arrivée, mais pas dans la bonne ville.
Tout va bien et je t'expliquerai ça en détail demain.
Je vous embrasse bien fort tous les 3.
Della (perdue dans les plaines irlandaises enneigées) »

Je rajoute plusieurs smileys qui rient, ainsi que des petits cœurs. Puis je décide qu'il est temps de m'endormir. Je ne sais pas encore ce qui m'attend pour la journée à venir, même si mon intérêt pour la pâtisserie a pris plus d'importance dans ma vie que je ne l'aurais cru, de premier abord. C'est avec un large sourire que je ferme les yeux. Je crois bien qu'il me faut moins de trente secondes pour tomber dans les bras de Morphée. J'entends soudain le petit ding d'alerte de ma messagerie téléphonique. Je regarde l'heure avant de l'ouvrir pour le lire et m'aperçois qu'il est déjà sept heures du matin. J'ai pourtant l'impression de n'avoir dormi que trois minutes... Je m'étire pendant que mes messages se téléchargent. C'est alors que j'en reçois enfin un de Bruce.

« Della !
Mille excuses ! Je ne comprends pas ce
qui s'est passé ! Tu aurais dû atterrir à Cork.
C'est Norma qui s'est chargée de toutes les résas !
On s'est rabibochés le soir même et elle m'a dit que
tout était OK. Je m'en veux de lui avoir fait confiance !
Je ne te l'avais pas dit pour que tu ne sois pas
plus déçue que tu ne l'étais déjà. Je comprends
ta colère et ta déception. Je vais tout faire pour
tout arranger. Je te tiens au courant au plus tôt.
Ne m'en veux pas, je t'en supplie !
Bruce (ton ex-assistant...) »

Je devrais être encore en colère contre lui, mais je n'y arrive pas. Je veux me laisser croire que ce n'est pas sa faute ou même celle de Norma. Je veux croire, comme Ryan, que ce sont les elfes et autres petits lutins qui m'ont fait venir ici. Aussi je décide de ne pas répondre tout de suite à Bruce et préfère profiter encore du lit.

La lumière de mon téléphone s'atténue jusqu'à disparaître, replongeant la pièce dans la pénombre. C'est alors que j'ai l'impression que la porte de ma chambre vient de s'entrouvrir. Je mets cela sur le compte d'un petit courant d'air et je referme instantanément les yeux. Après une ou deux longues secondes, je sens quelque chose qui tire ma couette, ce qui me découvre à moitié le corps. La panique s'empare de moi et j'ai beau tirer de mon côté, j'ai l'impression de ne pas faire le poids.

Aurais-je contrarié un elfe, une sorcière, ou bien serait-ce un fantôme ? songé-je, affolée comme une biche face à un chasseur.

Je continue à batailler avant d'entendre un rugissement. Je hurle en tirant un coup sec, ce qui me permet de me cacher entièrement sous la couette, mais l'être mystérieux pèse soudainement de tout son poids sur moi. Afin de lui échapper, je me laisse glisser sur le côté du lit avant de tomber à quatre pattes sur le sol. Toujours dans la pénombre, je me déplace aussi vite que me le permet cette posture, en contournant mon lit pour me diriger vers la porte. Soudain, celle-ci s'ouvre entièrement et me percute la tête, toutefois sans trop de violence, tandis que la lumière illumine la pièce. Tout en me tenant le front entre les mains, je me trouve assise sur le sol aux pieds de Ryan, qui me soulève aussitôt dans ses bras, en se confondant en excuses.

– O'Hara ! Fiche le camp d'ici ! s'écrie-t-il d'une grosse voix, en me gardant serrée contre lui.

Le chat-tigre obéit en miaulant fortement, tout en descendant tranquillement du lit, ce qui dans une certaine mesure me rassure sur les autres bestioles que j'avais imaginé se trouver dessus ou même dessous ! Puis Ryan me dépose délicatement sur la couette et vérifie aussitôt ma *blessure* au front, en me présentant de nouveau ses excuses.

– Bien que ce soit superficiel, je vais tout de même aller vous chercher une compresse d'eau chaude, m'informe-t-il en opérant un demi-tour.

Mais je lui assure que ce n'est pas la peine, que je vais bien. Il se détourne de la porte pour me répondre ou insister, sans nul doute. C'est alors que son regard se pose sur ma tenue légère, que je tente de cacher en posant rapidement en travers de ma poitrine le pull en laine de mouton que m'a offert O'Neill et qui depuis notre bataille de neige a fini par sécher.

Chapitre 13

Ryan

Je déglutis en voyant une partie de son corsage si léger. Je me sens honteux et chanceux à la fois. C'est vraiment une drôle de sensation. Bien que je n'aie plus à aller lui chercher de quoi lui soulager le front, je devrais toutefois sortir de la pièce et la laisser tranquille. Mais je la fixe toujours du regard, avec une prière en tête pour les elfes qui me régalent depuis deux jours.

– Je suis désolé pour O'Hara, finis-je par dire avec une petite grimace, tandis que je vois dans son regard tout un tas de pensées s'agiter.

Je donnerai cher pour savoir de quoi il retourne.

– Je vous assure, ce n'est pas un animal dangereux. Un peu stupide, parfois, certes ! Mais pas dangereux.

Della soupire, avant de me sourire sans me montrer la moindre dent. C'est un faciès qui semble me dire qu'elle est peut-être blasée par notre façon de faire, mon chat et moi, et qu'elle va certainement m'annoncer qu'elle rentre chez elle ce matin. Cependant, je ne le veux pas. Je veux qu'elle reste plus longtemps. Vraiment plus que la journée qui s'écoule déjà trop vite.

– Bien, alors je vous laisse, annoncé-je en reculant d'un pas, tout en me frottant l'arrière de la tête, ne sachant comment lui avouer un tel souhait.

C'est alors que Ciara, suivie d'O'Neill, fait irruption dans la chambre.

– Bonjour, Della ! Je... Oh... mince ! Je vous... On vous laisse ! rétorque-t-elle aussitôt avec un fou rire, en attrapant le bras de mon ami, avant d'opérer tous deux promptement un demi-tour.

Je suis gêné qu'ils nous aient vus, Della et moi, dans cette situation. L'ambiguïté est telle que je ressens une chaleur qui me traverse, tandis que Della s'est totalement empourprée. Je ne peux m'empêcher de fixer ses lèvres, puis le haut de sa poitrine, laquelle se dessine fort bien sous le tissu soyeux. Je détale avec un petit sourire de satisfaction, tel un garnement qui a visiblement failli se faire prendre la main dans le sac.

Arrivé dans la cuisine, je souris toujours en me servant le second thé de la matinée, avant de donner une caresse à O'Hara.

– Bon chat ! lui murmuré-je, même si je sais parfaitement que ce qu'il a fait n'était pas bien.

Mais il m'a permis d'avoir Della dans mes bras, et rien que pour cela je ne peux pas lui en vouloir. C'est la seconde fois que cela m'arrive grâce à lui, si je compte l'incident dans le magasin d'O'Neill. Puis je repense à notre danse, hier soir.

– Hum...

Heureux, je soupire d'aise en me redressant, avant d'apercevoir mon ami et ma sœur qui me fixent silencieusement d'un œil suspicieux.

– Quoi ? Qu'est-ce que vous avez, tous les deux ? demandé-je en essayant de cacher le sourire qui s'est imprimé longuement sur mon visage, malgré la situation embarrassante.

Pour toute réponse, ils éclatent de rire, tandis que Della apparaît soudain dans l'encadrement de la porte de la cuisine, tout habillée. Leur attitude me plonge plus encore dans un embarras monstre. Heureusement que Ciara est toujours là pour me sauver. Avec son beau sourire qui la caractérise tant, elle propose aussitôt un petit-déjeuner à Della. Je remarque qu'O'Neill, admiratif, ne lâche pas ma sœur du regard. Il sourit tellement que j'ai l'impression qu'il va rester bloqué ainsi à vie. Se serait-il passé quelque chose entre eux cette nuit ?

Je sens que cette année, Noël va avoir une toute nouvelle saveur pour Ciara et peut-être même pour moi. Tous installés autour de la table, je demande aussitôt à Della si son front est encore douloureux.

– Pas du tout ! Heureusement que vous n'avez pas ouvert la porte à la volée, car je ne serais plus là pour en parler, ajoute-t-elle avec un petit rire nerveux.

– Une chance que mon frère soit une armoire aux manières douces !

– Ciara ! m'écrié-je, gêné.

– Oui, je vois ça, rétorque Della avec un sourire mutin.

Je souffle légèrement, soulagé qu'elle ne m'en veuille pas et semble même admirative de ma personne. J'envisage aussitôt de doubler la prochaine pâtée de mon chat pour m'avoir offert un tel cadeau. Il le mérite, c'est certain !

– Alors ! Par quoi voulez-vous commencer ce matin ? lui propose Ciara. La pâtisserie ? La vieille Saoirse et ses lingettes lessivables, même si la neige a bien tenu cette nuit ?

Della hésite à répondre, et ma sœur ajoute :

– Nous nous y rendrons en voiture, si vous le voulez, car la route est impraticable à vélo…

Della me regarde avant de répondre. Cela n'augure jamais rien de bon quand quelqu'un vous fixe ainsi, en ayant un choix à faire. Souvent, le regard se pose sur la personne uniquement pour lui faire savoir que ce ne sera pas elle qui sera choisie. Et je crois bien que là, c'est mon cas.

– Eh bien, je vais prendre l'option pâtisserie ! s'exclame-t-elle avec le regard brillant.

Dans ma tête, tout un tas de pensées surgissent, plus folles les unes que les autres. Avec un large sourire, je révise mon jugement sur ma déduction de choix qui s'est avérée totalement fausse.

– Alors, on peut s'y mettre quand vous le voulez ! lui proposé-je, en lâchant un regard à ma sœur et à mon ami afin qu'ils nous laissent seuls en cuisine.

– Bon, eh bien, nous, on vous laisse, car on a une allée à déneiger, n'est-ce pas Ciara ? s'exclame O'Neill, tirant ma sœur à sa suite, laquelle m'envoie un clin d'œil avant de me tirer la langue.

Ce qui me fait pouffer de rire.

Puis je me retrouve seul avec Della, qui n'a pas dit un mot depuis qu'ils sont sortis de la cuisine.

– Alors, qu'est-ce qu'il vous ferait plaisir de pâtisser ? demandé-je.

– Euh… j'avoue que je me laisserais bien tenter par une découverte de votre part…

Dans ma tête, je ne retiens que *la tentation* qui l'habite. Moi aussi, je me laisserai bien tenter par elle, mais ce n'est pas le moment. Je m'éclaircis les pensées avant de lui proposer de pâtisser un Guinness cake. Je sais que ma sœur a tous les ingrédients chez elle. Je m'attelle à tous les placer sur la grande table en bois qui trône au beau milieu de la cuisine. Une fois cela fait, je regarde Della, tout en me saisissant du tablier de cuisine de Ciara. Elle s'approche de moi et me tend la tête, afin que je lui passe l'anse pour qu'elle l'enfile. Je décide de poursuivre en le lui nouant autour de la taille. Me trouver si proche de son visage me donne quelques rougeurs, néanmoins je poursuis sans hésiter. C'est trop bon de sentir de nouveau son délicieux parfum.

– Voilà ! je n'ai plus qu'à nouer le mien, m'exclamé-je d'une voix un peu trop haut perchée pour un homme.

Mais je n'y prête pas attention et elle non plus, apparemment. Je décide de lui donner les instructions de la recette pour chaque ingrédient et de la laisser faire le mélange.

– Parfait ! Maintenant que la Guinness et le beurre ont bien chauffé ensemble, vous pouvez ajouter le cacao.

– Et maintenant, je fouette ?

– Oui, jusqu'à ce que le mélange devienne lisse. Ensuite, vous mettrez la farine et le bicarbonate dans ce grand saladier.

Elle acquiesce et je l'admire en train de pâtisser. Elle a un réel bon coup de poignet pour touiller, battre et mélanger. Je sens qu'elle est habituée à cuisiner et cela me plaît plus que je ne l'aurais pensé. Alors qu'elle s'apprête à verser la quantité de farine prévue dans le saladier, O'Hara arrive sans se faire remarquer. En se retournant, Della pousse un cri, le sachet de farine ouvert dans les mains. Ce qui a deux conséquences ! La première : pratiquement toute la farine est tombée sur le sol ; la seconde : je me suis trouvé entre la farine et le sol, et je suis donc barbouillé de poudre blanche de la tête aux pieds ! Un fou rire saisit Della, ce qui me fait plisser les yeux malgré mon sourire.

– Désolée, je n'ai pas fait exprès, je vous assure ! s'esclaffe-t-elle, en riant de plus belle, tout en s'inquiétant de ma réaction.

Mais elle rit tellement que je ne sais pas pourquoi, j'ai du mal à la croire.

– Non, non, arrêtez ! s'écrie-t-elle tandis que je me rapproche d'elle dangereusement. Ce n'est que de la farine ! essaie-t-elle de me préciser, alors que je la poursuis autour de la table.

Je réussis à la rattraper et la coince comme une petite souris dans un recoin de la cuisine.

– Je ne sais pas ce que je vais faire de vous, dis-je soudainement d'une voix rauque. La Guinness, le cacao en poudre ou bien un retour dehors dans la neige, lui proposé-je, alors qu'elle ne peut plus m'échapper.

– D'accord, je me rends et je choisis le cacao ! lâche-t-elle.

Je m'attendais à plus de résistance de sa part.

Une chance pour moi, l'ingrédient choisi se trouve à portée de ma main. Alors que je m'apprête à l'en saupoudrer, elle me surprend en retournant vers moi la boîte ouverte. Je me retrouve instantanément aspergé de cacao en poudre de la tête aux pieds…

Chapitre 14

Della

Je ne sais pas ce qu'il m'a pris de faire ça, mais je ris tellement d'avoir répondu à son propre jeu que je ne me rends pas compte que le chat-tigre a décidé de venir défendre son maître. Le matou me saute dessus, pattes en avant. Je serais tombée à la renverse si Ryan n'avait pas été aussi rapide à me rattraper. Pendant cette attaque, j'ai encore poussé un cri strident qui a fait éclater un verre. Mais Ryan n'en a que faire. Il me tient toujours serrée contre lui, tandis que je m'empourpre sans pouvoir le cacher. Je devrais me sentir en sécurité, mais je ne le suis jamais tout à fait lorsque ce chat se trouve non loin de moi. Après tout, il ressemble vraiment à un tigre avec sa couleur fauve et ses rayures noires. Si je n'en avais pas aussi peur, je dirais qu'il est magnifique. Mais je n'arrive pas à m'ôter de la tête que, la toute première fois, je l'ai pris pour un animal sauvage… avant de me souvenir que je me trouve toujours lovée dans les bras de Ryan. À cette délicieuse constatation, une seconde énorme bouffée de chaleur m'envahit, jusqu'à m'en faire mordiller la lèvre inférieure.

– Ne vous inquiétez pas, Della, il n'est vraiment pas méchant, me murmure Ryan, en arrangeant une mèche de mes cheveux qui a glissé sur mon visage.

Je suis tellement surprise par son geste tendre que mon regard s'accroche au sien. Combien de temps restons-nous ainsi, sans mot dire. Je n'en ai aucune idée. Je me sens bien, vraiment bien. J'ai l'impression d'être une plume et de flotter entre ses bras. Ciara a totalement raison. S'il a la carrure d'un homme puissant, il est pourtant d'une très grande tendresse. Mon cœur bat la chamade comme jamais. Je ne pense plus à rien, seulement à cet instant qui me remplit d'émotions nouvelles. J'ai l'impression que Ryan veut m'embrasser. Si jamais il s'y prête, je le laisserai faire… Ses lèvres se rapprochent des miennes tout doucement. Je sens son souffle tiède sur ma bouche. Je ferme les yeux pour mieux profiter de l'instant. Mais, soudainement, j'entends un énorme miaulement qui me fait cligner des yeux tandis que Ryan dépose un tendre baiser sur mon front.

Saleté de chat-tigre ! songé-je quelque peu contrariée.

Ryan rive de nouveau son beau regard mordoré au mien, avant de me sourire simplement. Je lui souris à mon tour et il me libère de son emprise, tout en chassant d'un geste O'Hara qui semblait ne pas en avoir fini avec moi. Mais si je tremble encore, ce n'est pas à cause de ce stupide animal qui m'a fait rater un tendre baiser. C'est à cause de ce contact troublant et délicieux. Je ne sais pas ce que c'est que d'être embrassée sur la bouche par Ryan, cependant ce simple baiser qu'il m'a donné sur le front s'est imprimé dans tout mon corps et me fait l'effet d'un tsunami d'émotions.

– Ça ne sent pas trop la cuisson, ici ! s'exclame O'Neill en pénétrant soudainement dans la cuisine.

Ryan et moi-même n'avons pas le temps de répondre que Ciara, qui se trouve généralement à deux pas de ce dernier, arrive en s'exclamant à son tour :

– Eh bien ! Eh bien ! Il y a de la bagarre dans l'air ! dit-elle avec un rire de gorge, au vu des dégâts que nous avons causés avec la farine et le cacao.

Nous rougissons tous deux autant que cela puisse nous être possible, tandis qu'elle continue de rire de nous voir si troublés. O'Neill, qui n'avait rien ajouté de plus, à part nous observer de son regard de velours, articule à voix basse :

– Si tu veux mon avis, Ciara, c'est plutôt de l'amour qu'il y a dans l'air…

Mais avec Ryan, nous l'entendons. Nous croisons brièvement nos regards avant de détourner la tête, plongés dans un grand embarras. Nous reprenons spontanément notre recette, comme si les dix dernières minutes n'avaient pas vraiment existé. Enfin, nous tentons de donner le change aux deux *voyeurs*, qui pouffent de rire tout en nous observant toujours d'un œil malicieux.

– Alors, je mélange la farine avec le bicarbonate, c'est bien cela ? demandé-je à Ryan comme si de rien n'était, d'une voix forte que je ne me reconnais pas.

– Oui, tout à fait ! répond-il comme si nous étions deux automates.

C'est alors que Ciara, qui n'a rien ajouté depuis sa remarque sur l'état de sa cuisine, me demande si je souhaite que nous nous rendions en début d'après-midi chez la vieille Saoirse.

– Ça me plairait assez, je dois dire. Mais il ne faut pas que cela vous dérange. Je suis déjà une intruse, ajouté-je en faisant une petite grimace qui me retrousse le nez.

– Cela ne me dérange absolument pas ! Pour une fois que j'ai une femme avec moi à la maison, je ne suis pas prête à vous laisser partir ! *Girl Power* en force ! s'exclame-t-elle, en tirant la langue à son frère et à leur ami. Et puis, avec O'Neill, nous venons de déneiger l'allée, ainsi que nos deux voitures. Nous sommes donc tranquilles pour nous y rendre !

– Oh, c'est gentil à vous. Alors, on peut y aller en début d'après-midi. Et cela ne vous dérange pas non plus que je reste encore une nuit ? J'ai consulté les vols et, à cause des fêtes, le prochain qui n'est pas complet pour Londres est à huit heures demain matin.

– Vous allez déjà partir ? s'inquiète aussitôt Ryan, un regret dans la gorge.

– Oui, il le faut. Je n'ai pas le choix, l'informé-je, tandis que ma tête me hurle : *Si, je l'ai !*

J'ai les moyens de ne pas travailler et de faire ce dont j'ai envie, il me suffirait de dire « amen » à mes parents et je pourrais de nouveau avoir accès à mon argent. J'avoue qu'à cet instant précis, en voyant la déception dans le regard de Ryan, je serais tentée de tout faire pour lui rendre le sourire. Mais d'un autre côté, j'ai tellement trimé pour m'en sortir toute seule que je ne veux pas remettre en question mon choix de vie. C'est donc avec un regret dans la gorge que je lui confirme que je vais bien partir demain, comme prévu.

C'est presque dans un silence d'église que nous terminons la recette et la mettons en cuisson. C'est alors que je me rends compte que la matinée est passée très rapidement, car il est déjà l'heure de déjeuner. Ciara, en deux temps, trois mouvements, nous prépare un repas digne d'un grand restaurant. Je suis impressionnée par sa façon de faire et de dresser les assiettes. À peine avait-elle mis en cuisson que sa cuisine était déjà rangée, et totalement propre lorsqu'elle nous sert son plat fort appétissant.

Pendant le déjeuner, je trouve Ryan quelque peu distant avec moi. Peut-être ne lui plais-je pas autant que je m'en étais fait l'idée. Après tout, nous venons seulement de nous rencontrer et je ne sais rien de lui, si ce n'est que c'est un excellent pâtissier.

Et qu'il a une sœur formidable.

Et qu'il est fort attirant.

Et qu'il me plaît plus que je ne veux me l'avouer.

Et que je crois que je suis en train de tomber de plus en plus sous son charme, même s'il m'ignore…

Après tout, je peux comprendre son indifférence. Je vais repartir chez moi demain et je ne le verrai plus jamais. À cette pensée, je sens mes yeux qui me piquent. Je me ressaisis aussi rapidement que cela m'est possible de le faire. Il est évident que je suis encore trop affectée par la tromperie de Robert. Je ne recherche que du réconfort, c'est certain. Mais je ne dois pas pour autant faire souffrir un homme parce que je souffre moi-même…

Heureusement, je suis distraite de mes pensées douloureuses par O'Neill, qui nous sert un Irish coffee avec lequel nous dégustons le gâteau que Ryan et moi-même venons de pâtisser. Ce dessert est délicieux. Je crois bien que si je passais encore du temps avec eux trois, je prendrais quelques kilos, tant toutes leurs recettes me ravissent.

Nous laissons ensuite les garçons débarrasser et nettoyer la vaisselle, tandis que Ciara me propose de nous rendre chez la vieille Saoirse. Avant de m'installer dans son SUV, je tombe complètement sous le charme de son cottage tout en pierre, que je vois pour la première fois en plein jour. Le lieu est adorable, même sous la neige, avec sa façade d'une belle couleur bleu turquoise. Je m'imagine fort bien habiter un jour dans ce genre de demeure.

Une vingtaine de minutes plus tard, nous arrivons chez la vieille Saoirse. Elle nous reçoit avec un large sourire édenté et nous propose un thé noir qu'elle accommode d'une larme de whisky. Je crains pour ma survie, car depuis que j'ai posé le pied en Irlande, j'ai déjà dépassé le quota d'alcool que j'absorbe en une année !

Je passe un excellent moment avec Ciara et la vieille dame, qui prend même le temps de me présenter ses moutons blancs à tête noire. Leur laine est fine et toute douce, et je repars avec un beau stock de lingettes démaquillantes lavables. Elle m'offre en sus un joli mug assorti d'un cache tricoté en laine de mouton surpiqué d'un petit cœur rouge.

– C'est adorable à vous, madame, lui dis-je avec un large sourire, car je suis réellement heureuse de cette attention.

Elle me serre dans ses bras et me demande de lui faire la promesse de revenir la voir un jour prochain. Ciara l'informe aussitôt que je suis anglaise et que je vais devoir retourner chez moi prochainement. La vieille dame semble soudainement triste en étreignant de ses mains ridées les miennes, tout en me disant :

– Alors, il faut que je demande aux elfes de m'aider à vous retenir…

J'accueille d'une certaine manière son souhait, même si je sais qu'il ne pourra pas s'exaucer. Cette mamie est si gentille que j'envisage, dès mon retour à Londres, de trouver le moyen de l'aider. Ciara m'informe alors que je ne dois pas me faire de souci pour elle, car elle est bien entourée et ne manque de rien. Sur la route du retour, je suis tellement satisfaite par mes achats chez la vieille Saoirse que j'en oublie presque que demain, à la même heure, je me trouverai loin d'ici. Seulement, je crois que Ryan, lui, n'a pas oublié ce détail. Quand je le retrouve chez Ciara, il a le visage fermé. Et lorsqu'il me dit au revoir, c'est à cet instant que je prends la mesure de ce que je vais perdre.

Nous nous sommes salués presque comme deux étrangers et il est parti avec O'Neill, qu'il raccompagnait chez lui, me laissant avec une plaie béante dans le cœur. Je lisais sur son visage comme dans un livre ouvert et sa douleur était presque palpable. Mais je n'ai pas eu la force de lui en faire la remarque ni de lui exprimer le moindre de mes sentiments. Je me dois de rester forte pour ma survie. Cependant, quand je découvre sur le lit une petite boîte en bois assortie d'un petit mot, je ne réponds plus de rien.

« Chère Della,

Voici un petit talisman, l'une des créations de Ciara, que je tenais à vous offrir.

Il s'agit d'une rune qui apporte l'amour.

Je vous en souhaite pour toute une vie, peut-être deux si vous croyez aux renaissances.

Avec toute ma tendresse, Ryan »

J'ai déjà les larmes aux yeux avant même d'ouvrir le coffret en bois. J'y découvre un collier dont le pendentif est un petit galet plat, sur lequel une rune a été gravée, puis dorée. J'explose en pleurs, tout en le serrant dans ma main. Puis, une fois que je réussis à me calmer, je le porte autour du cou avec fierté. Je sens que quitter l'Irlande va m'être plus difficile que je n'y songeais il y a quelques minutes encore…

Chapitre 15

Della

J'entends la pluie claquer sur le volet en bois, et je me réveille en sursaut. Pour savoir l'heure qu'il est, j'attrape mon téléphone. Mais j'ai beau essayer de l'allumer, je me rends compte qu'il est totalement déchargé. Je tire sur le câble pour m'apercevoir que celui-ci n'était pas branché à la prise murale, comme je l'avais supposé hier soir. Je le connecte puis, nerveuse, j'appuie plusieurs fois sur le bouton afin de le mettre en marche. Tout en attendant que celui-ci se rallume, je sens un petit trouble m'envahir. Cela prend bien trente secondes, durant lesquelles je croise les doigts pour qu'il ne soit pas plus de cinq heures trente du matin.

– Onze heures ! m'écrié-je lorsque l'écran de mon iPhone s'allume enfin.

C'est alors que Ciara arrive en ouvrant à la volée la porte de la chambre que j'occupe.

– Je suis désolée, je ne me suis pas réveillée ! s'exclame-t-elle en grimaçant.

Je m'apprête à lui dire que moi non plus, mais un fou rire nerveux me surprend. Ciara ne patiente pas plus d'une seconde avant d'exploser de rire elle aussi. Elle s'approche de moi, avant de se laisser tomber sur le lit et de s'allonger à mes côtés.

– Je crois que l'on a pris un verre de trop ! lâche-t-elle avec un rire de gorge, en fixant le plafond.

– Je dirais même plus, on a pris trois verres de trop ! rétorqué-je dans la même posture, tandis que nous entendons des pas dans le salon.

– Ciara ! Tu es là ? demande Ryan, dont je reconnais la voix aussitôt, avant que son chat-tigre ne saute sur le lit pour nous faire la fête.

Je devrais être tétanisée, pourtant, je commence à m'habituer à ce gros matou.

– Que se passe-t-il, ici ? demande Ryan en restant sur le pas de la porte.

– Il se passe, mon cher frère, que nous avons vidé hier soir la bouteille de Teeling Single Grain, et que cela a eu pour conséquence que Della a raté son vol ! lui apprend-elle, une grande joie dans la voix.

C'est vrai que j'ai passé hier soir une excellente soirée avec Ciara. Elle est formidable et j'ai appris de nombreuses choses sur elle et son frère. Ils ont perdu leurs parents fort jeunes, mais elle a été une véritable mère pour Ryan, qui n'avait que dix ans. Elle le protège depuis toujours et c'est pour cela qu'elle n'a jamais voulu se marier, de peur que ça les éloigne l'un de l'autre. Pourtant, je n'ai pu m'empêcher de lui parler d'O'Neill et elle s'est tellement mise à rougir que j'ai eu l'impression de me trouver devant une petite fille. Après deux verres de whisky, on s'est finalement tutoyées[1] et elle m'a

1. Bien que le *tutoiement* ne soit pas différencié du *vouvoiement* en anglais, il s'inscrit dans ce roman pour mettre en évidence l'évolution de la relation entre les personnages.

avoué qu'elle l'aimait depuis toujours. Moi, je me suis laissée aller à lui raconter ce que Robert m'avait fait et comment je lui en voulais d'avoir gâché d'une certaine manière mon futur. Cependant, Ciara a été très convaincante en m'assurant que cela m'avait conduite ici, chez elle, et que cela avait un sens que je ne connaissais pas encore. Bien entendu, elle m'a parlé de son frère et à mon troisième verre j'ai admis que je le trouvais adorable et qu'il avait failli m'embrasser dans la cuisine, si son chat-tigre n'était pas venu tout gâcher entre nous. C'est alors qu'elle a reconnu avoir passé la nuit avec O'Neill. J'avais l'impression que nous étions deux meilleures amies en train de nous raconter nos petits secrets. En allant me coucher tard dans la nuit, je me suis dit que j'aimais beaucoup Ciara et que j'aurais aimé avoir dans ma vie une telle amie. C'est alors qu'une petite voix s'est mise à me chuchoter à l'oreille que ç'en était une. Je suis restée intriguée par ce souffle qui m'a semblé si réel.

Serait-ce encore un petit coup des elfes ? me suis-je dit avec un petit sourire heureux.

C'est en tout cas ce que j'ai voulu croire en programmant un réveil sur mon téléphone, pour cinq heures du matin. Après l'avoir branché sur le cordon de recharge, car il était presque déchargé, je me suis laissé emporter dans les bras de Morphée, aussitôt installée sous la couette.

Et voilà où tout cela m'a menée ce matin ! À manquer mon vol…

Cependant, je ne sais pas pourquoi, cela ne me chagrine absolument pas. Surtout en revoyant Ryan et son beau sourire.

– Et alors ? Comment allez-vous faire pour rentrer chez vous ? Enfin, si vous avez toujours le souhait de partir ? me demande Ryan.

– Je crois que votre sœur va devoir me supporter encore toute une journée ! m'exclamé-je en plissant le nez.

– Je crois surtout que tu vas devoir me supporter encore toute une soirée, sauf si mon frère décide de rester dîner avec nous ! propose-t-elle, taquine.

Il ne faut pas plus de deux secondes à Ryan pour accepter l'invitation. Je suis contente de sa réponse et je m'empare aussitôt avec ma main gauche, du talisman qui se trouve autour de mon cou. Ryan s'en rend compte et cela fait élargir son beau sourire. Il décide d'aller nous préparer un *Irish breakfast* pendant que nous nous changeons. Ciara me rapporte en quelques minutes plusieurs vêtements de rechange qui lui appartiennent, puis je fonce sous la douche. Je réapparais dans la cuisine une quinzaine de minutes plus tard, fraîchement apprêtée. Je commence à m'habituer au style de vêtements de Ciara. Ils sont moins près du corps que ceux que j'ai l'habitude de porter, mais vraiment je les apprécie grandement.

– Je m'installe où ? demandé-je à Ryan, qui s'est servi un thé et est en train de dresser deux petits-déjeuners.

– Où vous le souhaitez ! me rétorque-t-il, avant de tirer la chaise près de la sienne et de me la proposer avec un sourire.

Je le remercie et je m'y installe.

– Alors, vous avez ici du bacon et des œufs, de la saucisse irlandaise, du pain brun et du beurre, du porridge, un thé, du sucre, du miel et des raisins secs, ainsi qu'un jus d'orange frais, me présente-t-il, tandis que mon estomac gargouille de désir.

C'est un véritable petit-déjeuner irlandais, qui me met aussitôt en appétit.

– Je voulais aussi vous remercier pour le présent, dis-je timidement. Il me plaît énormément.

– Alors, j'en suis fort heureux, lâche-t-il d'une voix rauque, ce qui fait voler une myriade de papillons dans mon ventre.

Je ne sais où cet échange nous aurait menés si Ciara n'était pas apparue à son tour dans la cuisine. D'un air joyeux, elle s'installe aussitôt à nos côtés, à la table haute dont le plateau est une magnifique planche épaisse, taillée dans le tronc d'un chêne. J'adore la décoration de sa maison dans le style scandinave. Le bois et la couleur blanche sont de mise, et quelques objets par-ci par-là rappellent la nature. C'est un intérieur très relaxant et je m'y sens bien depuis que j'y ai mis les pieds.

Après ce délicieux et copieux petit-déjeuner, j'annonce à mes hôtes que je dois passer quelques coups de fil. Je m'enferme dans la chambre en composant le numéro de Bruce.

– Enfin, tu décroches ! dis-je d'une voix peu aimable.

– Della, je suis affreusement désolé de ce qu'il t'arrive ! Je suis au bureau et j'essaie de faire en sorte que tu ne sois pas pénalisée par ma méprise ! Vers quelle heure as-tu prévu de venir au bureau ?

– Je ne viens pas aujourd'hui, j'ai raté mon vol !

– Oh, mince ! Tu rentres quand, alors ?

– Eh bien, le seul vol que j'ai trouvé décolle après-demain à onze heures du matin. Enfin, je suis sur liste d'attente, mais je garde espoir, dis-je, espérant que la terre va s'arrêter de tourner pour que je reste encore une ou deux journées de plus ici.

– Es-tu certaine que tu ne devrais pas poursuivre ton voyage ? Ça ne fait que trois jours de loupés !

J'ai bien envie de lui dire que je veux rester ici pour une tout autre raison. Mais ce ne serait pas raisonnable. Cela ne fait que quatre jours que Robert a rompu avec moi. Pourtant, son souvenir s'efface un peu plus à chaque minute qui s'écoule. Je n'ai que Ryan en tête. Je devrais trouver cela mal, mais je n'y arrive pas. C'est la première fois que je ressens une chose comme ça pour un homme. Ryan est spécial, vraiment spécial, et je sens qu'il ne me sera pas donné une seconde chance dans ma vie de rencontrer un homme tel que lui. Mais j'ai des obligations et je me suis toujours tenue à rester très professionnelle. Je réponds alors à Bruce que je préfère rentrer.

– Attends, je viens de recevoir à l'instant un courriel de Norma !

– Eh bien, ouvre-le ! lui ordonné-je, d'une voix criarde qui ne me ressemble pas.

Je me rends compte que je suis trop à fleur de peau depuis que je sais aussi que Norma s'est arrangée pour me piéger. Et si je la dénonce, ce sera Bruce qui en fera les frais, car c'était à lui de s'occuper de toutes mes réservations.

Ah, les histoires de fesses au travail, ça n'augure rien de bon ! songé-je, le temps qu'il ouvre son courriel.

– Alors, Bruce ? m'exclamé-je, impatiente, car il doit être en train d'en prendre connaissance en silence.

– Tu ne vas pas aimer, Della ! Elle dit que M. Nolan n'est pas très content de la tournure de ton voyage et qu'il souhaite avoir absolument un retour de ta part pour les deux autres villes. Je le cite : « Noël est une fois l'an et la société ne peut se permettre de manquer le coche cette année. » Je crois que tu peux annuler ton vol.

Je souffle longuement sans répondre, tout en fermant les yeux.

– Tu es toujours là ?

– Oui, bien sûr ! réponds-je, fortement contrariée et tout à la fois ravie.

– T'inquiète ! Je m'occupe de vérifier moi-même tes autres réservations pour Dingle et Cork, et je te renvoie ça dans la journée. Du coup, où séjournes-tu ?

– Chez des Irlandais adorables ! dis-je en souriant finalement.

– Bon, je te tiens au courant dès que je suis sûr que tout est OK ! D'accord ?

J'acquiesce avant de raccrocher avec Bruce. Puis je passe un petit coup de fil à Carlita, qui est heureuse de me savoir encore en vie malgré mon manque d'échanges avec elle. Elle m'annonce que Dory a certainement pris du poids, dû au fait qu'elle lui donne à manger plusieurs fois par jour. Je la gronde et elle me rétorque aussitôt que ma Dory s'ennuie fermement de moi. De fait, elle mange tout ce qu'elle lui donne.

– Non, mais qu'une fois par semaine ! C'est de la torture pour cette *pov'bestiole* ! ajoute-t-elle avec un petit rire de gorge.

Il est clair que je ne peux pas me battre contre ça…

Tout à coup, je reçois un double appel.

C'est maman…

Je prie Carlita de m'excuser, pour répondre à ma génitrice.

– Maman, tout va bien ? demandé-je aussitôt inquiète qu'il ne soit arrivé quelque chose à l'un de mes proches.

– Oui, tout va bien, Della ! Ta sœur voulait savoir si tu serais là pour Noël, car elle a une grande nouvelle à t'annoncer ! lâche maman d'un timbre de voix long et quelque peu raclant, signe d'une certaine bourgeoisie dont je n'ai pas hérité, heureusement pour moi.

– Non, maman, je ne serai pas disponible pour Noël, lui réponds-je, déçue qu'elle ne souhaite pas ma présence pour passer des fêtes en famille, mais uniquement pour une annonce concernant ma pire ennemie.

– Eh bien, je vais donc devoir te révéler de quoi il retourne, alors…

Sans répondre à cette mise en scène théâtrale au suspense intenable, je ferme les yeux, attendant la suite imminente.

– Puisqu'il t'est impossible de te libérer pour ta famille, je compte sur toi pour être présente au mariage de ta sœur, qui aura lieu le 14 février prochain ! Et ce n'est pas une demande, mais une obligation ! ajoute-t-elle d'un ton cinglant, avec un petit rire dans la gorge, comme si cette façon de faire était tout à fait normale.

– Bien, je serai là ! réponds-je d'une voix hautaine, tandis que cela me fait une belle jambe de l'apprendre.

Maman me demande toutefois où je me trouve et s'insurge lorsque je lui apprends que je suis en Irlande.

– Seigneur ! Mais que fais-tu chez ces sauvages !

– Maman, ce ne sont pas des sauvages ! Ils sont comme nous !

J'ai même envie d'ajouter qu'ils sont bien plus attentionnés à mon égard que ma propre famille. Cependant, je préfère me taire.

– J'y suis de toute façon pour mon travail, l'informé-je en soupirant fortement.

– Encore du travail ! Pourquoi nous infliges-tu autant de honte ? Tu n'as pas besoin de travailler et tu le sais ! s'écrie-t-elle d'une voix guindée. Ton père ne va pas être content de l'apprendre, crois-moi ! Il risque d'y avoir des retombées ! Et pour qui travailles-tu ? insiste-t-elle.

– Maman, si tu crois que je vais te le dire, tu es en plein rêve !

– Je ne te permets pas de me parler ainsi et sache de toute façon que ton père n'aura aucun mal à le savoir ! me menace-t-elle, avant de me dire qu'elle doit raccrocher, car la mère du futur époux de ma sœur vient d'arriver à « Rosings Park ».

Elle raccroche sans m'avoir demandé, ne serait-ce par courtoisie, si je vais bien. Et encore une fois, aucun échange de baiser n'a lieu. Cela me laisse un certain vide dans le cœur. Je repense à notre belle et gigantesque demeure qui ne me manque nullement, car je n'y ai pas vraiment vécu de moments heureux. Peut-être lorsque j'étais enfant, mais même cette période est floue dans mon esprit. Ce que je désire depuis toujours, c'est juste un peu d'amour des miens. Mais je crois que c'est trop leur demander et cela ne va pas aller en s'arrangeant… Je retiens toutefois la menace de maman concernant mon père. J'espère qu'il ne va pas encore faire des siennes et me pourrir la vie comme il y a cinq ans, lorsqu'il a racheté la société pour laquelle je travaillais. C'est tout ce qu'il avait trouvé à faire pour me ramener dans ma prison dorée. Cela n'a eu pour résultat que de me faire fuir durant un an en France, avant de revenir vivre en Angleterre. Oui, j'espère qu'il sera bien trop occupé avec le mariage de ma sœur pour venir saccager mon existence !

Chapitre 16

Ryan

Della est réapparue. Cependant, son visage est marqué d'une certaine déception. Elle me sourit, mais ce n'est pas le sourire qu'elle m'a habitué à voir depuis trois jours.

– Tout va bien, Della, m'autorisé-je à lui demander, car je n'aime pas la voir ainsi.

– Oui, ça va ! Enfin, il y a quelques petits changements de mon côté ! Je ne repars pas d'Irlande avant le 5 janvier, car mon patron veut que je passe Noël à Dingle et le jour de l'an à Cork !

Dans ma tête, c'est un feu d'artifice qui éclate. Je tente de retenir un sourire, mais cela m'est fort compliqué. Je lui demande toutefois quand elle prévoit de nous quitter, avant d'ajouter que je peux la conduire à Dingle si elle le veut. Elle est surprise de cette attention, mais hésite à l'accepter. C'est donc Ciara qui joue les entremetteuses en lui assurant que cela me tuerait si elle refusait mon offre.

– Bon, eh bien, je veux bien alors de votre aide ! répond-elle avec un sourire plus avenant, ce qui me comble de bonheur. Mais, ajoute-t-elle, je n'aurai ma réservation que d'ici deux jours, alors je vais essayer de trouver un hôtel dans le coin, dit-elle en souriant toujours.

– Il n'est pas question que tu quittes cette maison pour te trouver un hôtel ! Della, tu es chez toi ici en attendant de te rendre à Dingle ! s'exclame Ciara qui semble l'avoir adoptée, pour mon plus grand bonheur.

– Ça me gêne, tout de même ! Laisse-moi au moins te dédommager pour le repas et pour…

Della n'a pas le temps de terminer sa phrase que Ciara l'interrompt :

– Lorsqu'il y en a pour deux, il y en a pour trois ! lâche-t-elle avec un hochement ferme de la tête.

– Comment ça, trois ? Nous sommes quatre, s'esclaffe O'Neill qui arrive à l'instant.

Je vois aussitôt le regard de Ciara briller comme jamais. Il est clair qu'il se passe quelque chose d'important entre eux, même si mon ami m'a assuré hier soir du contraire.

– Alors, de quoi parlez-vous ? demande-t-il en déposant un baiser tendre sur la joue de Della, ce qui me fait froncer le regard, avant de le voir déposer un petit baiser sur les lèvres de ma sœur, qui rougit immédiatement.

Ce qui me rassure. Je n'aurais pas aimé devoir me fâcher avec lui. Il est comme un frère pour moi.

Ciara lui refait l'histoire et Della ajoute qu'il faudrait qu'elle se rende en ville pour faire les magasins.

– Ça, c'est pour moi ! s'exclame ma sœur, en me tirant la langue.

Je laisse tomber les armes, car je n'ai aucune chance de gagner contre elle. Ce sera donc Ciara qui accompagnera Della. Je sens que ma sœur se rapproche de plus en plus de ma belle Anglaise. Elles semblent toutes deux déjà très confidentes, si j'en crois les échanges de regards qu'elles ont eus ce matin, dans la chambre de Della.

Je les laisse donc partir à Dublin, tandis que de mon côté, je compte avoir une petite conversation avec mon ami de toujours…

Seulement, mon téléphone sonne, m'interrompant dans mon élan. O'Hara miaule à s'en décrocher les mâchoires en entendant la musique d'*Autant en emporte le vent.* Lorsque je décroche, je reconnais aussitôt la voix d'Eimear[1].

– Salut, beau gosse ! répond-elle à mon bonjour. Je voulais savoir si tu étais libre pour un cours de pâtisserie demain après-midi.

– Non, ça ne va pas être possible, Eimear, je suis désolé. Je pars en voyage.

– Et tu reviens quand ?

J'ai presque envie de lui répondre que dorénavant je ne serai plus libre pour elle, mais cela ne se fait pas. Eimear et moi, on a une relation détachée. On profite l'un de l'autre, lorsque l'on se voit durant un cours que je lui donne, mais c'est tout. Elle a sa vie et moi la mienne. Jusqu'à encore la semaine dernière, nous comblions un besoin sexuel, c'est tout. Je ne l'aime pas d'amour. J'apprécie toutefois sa personnalité et sa compagnie durant les quelques heures où nous nous voyons.

Lorsque je raccroche, je repense à la déception qu'elle a eue dans la voix. Mais je ne peux rien pour elle. J'ai une autre femme dans la tête et dans le cœur, et je ne veux pas la perdre à cause d'une relation sans attache…

Je retrouve O'Neill comme prévu dans le salon. Avec un hochement de tête, il me lance simplement :

1. Eimear est un prénom féminin irlandais qui se prononce « Ee-mur ».

– Eimear ?

Je lui réponds *oui* des yeux. Je reste troublé par ce passé qui n'est pas si lointain et qui pourtant me semble à des années-lumière de ma vie actuelle. J'ai l'impression que c'était un autre homme qui avait ce genre de relation. J'ai changé en quelques jours et je sens que je ne serai plus jamais le même. Il y a un *avant* et un *après* Della…

– Tu veux qu'on en parle ? me propose O'Neill.

Je secoue la tête, encore plongé dans mes réflexions, avant de me souvenir que j'ai un compte à régler avec mon ami.

– Tu ne vas pas t'en tirer si facilement, dis-je, en plissant les yeux.

– Dois-je craindre pour ma vie ? rétorque-t-il en riant comme un enfant.

– Tout dépendra de ta réponse…

Nous nous installons confortablement sur le sofa jaune mimosa qui apporte une lumière de sérénité dans le salon. Ce qui n'est pas pour me déplaire, car je n'ai aucune idée de la façon d'aborder mon ami ni de la tournure que risque de prendre notre conversation.

– Alors ?

– Alors quoi ? répond-il avant de river son regard au mien. Je l'aime, c'est indéniable !

– Tu en es certain ? insisté-je, même persuadé que jamais il ne me mentirait.

Il est comme un frère pour moi depuis notre enfance, nous avons vécu de belles choses et des choses beaucoup plus tristes, comme la mort de mes parents et celle de sa mère, alors que nous avions le même âge. C'était plus difficile pour lui, car il est fils unique et n'avait pas de frère ou de sœur pour apaiser sa peine dans son cœur d'enfant. Pour mes parents, ce fut un tragique accident de la route et leur perte fut instantanée, même si aujourd'hui encore leur douloureuse absence se fait toujours ressentir. Pour sa mère qui était encore jeune, ce fut le cancer. Long et épuisant.

O'Neill ne comprenait pas.

Moi non plus, d'ailleurs.

C'est donc Ciara qui a joué les mères poules, et nous a élevés pour que nous ne tournions pas mal, tandis que le père d'O'Neill se plongeait dans l'alcool jusqu'à en mourir... Ciara n'avait que dix-huit ans lorsqu'elle a pansé nos douleurs, nous consolant quand nous en avions besoin et jouant avec nous pour nous occuper durant les longues journées d'hiver. C'est un modèle de bravoure et de bonté, et je n'ai aucun mal à me dire qu'O'Neill l'aime vraiment. Mon ami était la plupart du temps fourré chez nous et plus encore après le décès de son père. Il n'est donc pas étonnant qu'en devenant un homme il soit tombé amoureux de ma sœur. Je me demande s'il ne l'était déjà pas enfant. Mais à quoi bon remuer le passé quand le présent est si délicieux ?

– Je sais que tu l'aimes et je suis enfin heureux que tu me l'avoues. Mais est-ce que Ciara le sait également ?

– Je l'espère..., lâche-t-il avec un sourire, une grimace et un clin d'œil de garnement..

– OK, j'ai compris ! rétorqué-je avec un sourire qui ne vaut guère mieux que le sien.

– En parlant de déclaration, tu as prévu quelque chose de ton côté ?

– Comment ça ? réponds-je, interloqué.

– Je ne vais pas refaire le monde avec toi, mon *frère*, tu m'as très bien compris !

– Je ne sais pas. J'ai quelques craintes d'avoir encore le cœur brisé, même si ce que je ressens pour elle n'a rien à voir avec Roisin.

– Roisin, c'est du passé ! Cela date maintenant ! Va de l'avant, mon ami !

J'aimerais tant pouvoir foncer et me déclarer auprès de Della. Mais je n'ai passé tout juste que trois jours auprès d'elle. Trois jours, serait-ce suffisant pour aimer ?

Instantanément, un film que j'adore apparaît dans ma tête. *Sur la route de Madison.*

Trois jours, c'est le temps qu'il a fallu pour que les deux héros tombent follement amoureux. Alors, pourquoi ne serait-ce pas notre cas ? J'ai bien perçu que je ne lui étais pas indifférent. Cependant, lui ouvrir mon cœur si elle n'en a que faire me terrorise.

C'est alors qu'O'Neill me tapote la cuisse en s'exclamant :

– Arrête de te triturer les méninges ! Tu vas avoir trois cents kilomètres pour le savoir, lorsque tu l'emmèneras dans deux jours à Dingle !

Je ne sais pas si c'est une bonne chose, mais mon ami a raison. Je décide de me laisser porter par cette remarque, et j'accepterai ce que les elfes auront de nouveau envie de m'offrir !

Chapitre 17

Della

J'ai adoré faire les boutiques avec Ciara. On a dévalisé les étals ! J'ai pu aussi voir la fabrique de pulls de Mam'Michigan. Finalement, ce n'est pas une usine comme je l'avais songé au départ, mais bien une vieille mamie qui tricote et qui assure la passation de son savoir aux plus jeunes qui viennent l'apprendre. Je me dis que cela en fait du mouton tondu ! J'ai aussi appris que pour reconnaître un vrai pull de sa confection, il y avait un petit trèfle qu'elle brodait elle-même sur l'épaule gauche, comme si le pull avait un petit tatouage. J'ai trouvé cela fort astucieux et tout mignon-mignon, tout comme les lingettes démaquillantes lavables de la vieille Saoirse qui ont un minuscule cœur brodé sur un coin de leur bien pratique forme rectangulaire.

Je suis vraiment satisfaite de ma journée et je pense que si je n'avais pas perdu ma valise, tout ce qui vient de m'arriver jusqu'à maintenant n'aurait jamais existé. Je finis presque par me convaincre que je suis contente que Robert m'ait soufflé le dossier *Vérone* ! Je le suis d'autant plus que j'ai pu acheter discrètement quelques vêtements pour Ciara sans qu'elle s'en rende compte. J'ai remarqué qu'ils lui plaisaient, mais elle ne voulait pas me le montrer. Je les lui offrirai ce soir, après le dîner. Ce sera pour moi une façon de la remercier pour son chaleureux accueil.

Ciara est une femme des plus intéressantes. Elle se débrouille toute seule en tout. Elle vend en direct ses créations, a publié une annonce sur une plateforme de location de logements pour louer la chambre d'hôte, qu'elle a décorée avec grand soin, et elle cuisine comme une grande cheffe étoilée. D'ailleurs, son frère et elle ont véritablement de l'art dans les mains. C'est incroyable qu'ils n'aient pas encore eu l'idée de s'associer pour travailler ensemble dans un restaurant.

Je songe alors qu'il est facile pour moi d'avoir de telles pensées. Si jamais je m'étais plantée dans mon choix de vie, je n'aurais plus eu qu'à rentrer dans le Kent, faire profil bas et avoir de nouveau mes comptes bancaires débloqués. Tandis que tous les deux, ils risqueraient de perdre gros. Je ne suis pas certaine qu'ils roulent sur l'or, bien que j'aimerais avoir leur train de vie. Ils font tous les deux ce qu'ils souhaitent, et cette liberté, c'est celle que je recherche depuis toujours. Lorsque j'ai accepté de signer un contrat de travail avec M. Nolan, j'ai perdu ma liberté. Cependant, c'était le seul moyen que j'avais trouvé pour m'assurer un salaire chaque mois. Mais aujourd'hui, après avoir rencontré cette belle famille irlandaise, je ne suis plus vraiment certaine que ce choix me convienne.

– Vous avez dévalisé le centre commercial tout entier ! s'exclame Ryan en nous ouvrant la porte, car nous avons les bras chargés de sacs d'emplettes et aussi de courses après être passées à la supérette avant de rentrer.

– Au lieu de blablater, tu ferais mieux de nous aider ! s'exclame Ciara en me suivant de près.

Ryan s'empare aussitôt des sacs que j'ai en main et le contact de ses doigts sur les miens me foudroie. Je rougis tout en ne sachant que faire, à part me déchausser. Je remarque alors qu'O'Neill s'est emparé des sacs de Ciara et qu'il lui donne un baiser un peu plus long que ceux qu'il nous avait habitués à voir, plus tôt dans la journée. Je suppose alors qu'il vaut peut-être mieux que Ryan n'ait rien vu de cette scène. Je n'ai aucune idée s'il est d'accord avec son ami à propos de cette relation. J'ai bien vu, avant de partir en courses, qu'il n'avait pas tellement apprécié le léger baiser qu'O'Neill avait donné à sa sœur. C'est drôle cette sensation qui m'envahit soudainement, comme si je faisais partie de cette famille, assez en tout cas pour donner mon avis. Bien évidemment, je n'en fais rien, mais présente un large sourire à Ciara lorsque, enfin, elle décolle ses lèvres de celles de son amoureux.

– Je dépose ça dans votre chambre ? m'interroge Ryan, en montrant les nombreux sacs qu'il tient entre ses larges mains.

– Oui, je veux bien, réponds-je en le précédant.

De le savoir dans mon dos, de nouveaux frissons fort plaisants m'envahissent.

– Déposez-les ici, je m'en occuperai plus tard.

Ryan s'exécute, me fixant du regard. Je crois qu'il hésite à quitter la pièce. Ou bien à y rester. Instinctivement, je le retiens par le poignet. Il regarde ma main, restée accrochée à son poignet, avant que celle-ci ne glisse jusqu'à ses doigts, qui m'agrippent aussitôt avec grande tendresse. Je trouve l'instant fort érotique et une myriade de papillons s'agitent dans mon ventre dans mille directions. Je déglutis, tentant de ne pas fondre sur place, lorsqu'il m'attire légèrement vers lui. Je pose ma seconde main sur son torse, avant qu'il ne me relève le menton de sa main libre. Puis son regard se rive au mien.

Il penche la tête vers la mienne et ses lèvres se posent sur ma bouche, tendrement. C'est un moment magique et je garde les yeux fermés pour mieux apprécier l'instant. C'est alors que nous entendons des rires étouffés, avant de nous rendre compte qu'il s'agit de Ciara et O'Neill qui passaient dans le couloir.

– Je crois que j'ai été adopté, lâche Ryan en souriant, ce qui me fait sourire également.

J'aime son humour.

Mais je ne sais pas quoi lui répondre, et je continue à lui sourire.

– Vous êtes si belle, ajoute-t-il en replaçant une mèche derrière mon oreille.

Puis, il dépose un nouveau baiser, plus avenant, plus gourmand, plus troublant.

Je me laisse emporter par celui-ci durant de longues secondes.

Nous nous détachons l'un de l'autre et il me prend la main pour sortir de la pièce. Je me sens bien avec ça. Nous retrouvons nos deux *moqueurs* dans le salon. Ne sachant que dire sur le fait que Ryan tienne toujours ma main dans la sienne, il me prend l'idée de parler de Noël…

– Vous ne faites pas de sapin en Irlande ?

– Bien sûr que si ! s'esclaffe Ciara. Le nôtre se trouve dans le jardin arrière et il est décoré de lumières étanches. C'est vrai que depuis ton arrivée, je n'ai pas pensé à l'allumer.

– Il y a aussi un jardin à l'arrière de la maison ? dis-je, étonnée, tandis que nous nous installons autour de la table du salon, sur laquelle un apéritif est déjà dressé.

– Absolument ! s'exclame Ciara, fière de ce fait.

– Si vous le désirez, je peux vous le montrer maintenant ? me demande Ryan, dont les joues ont rosi.

– Euh… vous ne devriez pas en être au tutoiement ? s'esclaffe O'Neill, fixant d'un regard brillant son ami, qui s'empourpre totalement.

Je n'ai pas eu le temps de lui répondre à cause de l'intervention d'O'Neill, mais j'adore le voir rougir. J'adore son côté fleur bleue, qui m'émeut beaucoup.

– Je veux bien que *tu* m'y emmènes, finis-je par lui répondre.

Ciara et O'Neill pouffent de rire en le voyant aussi gêné, tandis que je me lève de mon assise et que je lui tends la main. Il s'en empare doucement. Je crois que je suis tombée amoureuse de son côté tendre et de sa timidité.

Une fois au-dehors, c'est lui qui m'entraîne à l'arrière de la maison. Il me tient la main, avant de passer son bras autour de ma taille. Durant cette petite marche, nous nous jetons quelques regards amoureux. Puis, nous arrivons devant le monstre.

– Ne te sauve pas ! lâche-t-il tout simplement, en se détachant de moi.

S'approchant de l'immense sapin, il entrouvre une boîte blanche déposée au pied de celui-ci. Il appuie sur un bouton et des lumières jaillissent sur chacune des branches de l'arbre.

C'est grandiose et magnifique.

Je me souviens soudain des Noëls à « Rosings Park ». Le sapin était géant et il fallait souvent une immense échelle pour accrocher à sa cime la belle étoile dorée. Mais jamais je n'ai ressenti un tel moment de quiétude et de plaisir grandissant. Ma sœur et mes petits frères faisaient de désagréables caprices à vouloir toujours ouvrir leurs cadeaux en avance. Alors que moi, je n'avais qu'un seul espoir, c'était de voir le Père Noël les déposer au pied du sapin. Cependant, j'ai vite déchanté lorsque j'ai vu clairement, alors que je m'étais cachée dans un recoin du grand salon rouge, que ce n'étaient que nos serviteurs qui le faisaient. Ma déception fut telle que depuis je n'ai jamais eu de sapin de Noël dans mon chez-moi.

– Tout va bien, Della ? me demande Ryan, tandis qu'une larme s'échappe de mes yeux.

– Oh, oui, tout va bien, réponds-je en souriant, car je ne veux pas subir la nostalgie de mon enfance, alors que je suis en présence d'un homme merveilleux.

Il entoure ma taille de l'un de ses bras et nous regardons scintiller les lumières aux mille couleurs. Je pose la tête contre son torse, tout en continuant d'admirer le spectacle. Puis Ryan m'enlace de son autre bras. Nos regards se rivent l'un à l'autre et sa bouche s'écrase tendrement sur la mienne. Il force la barrière de mes lèvres sans trop de résistance et je me laisse emporter par un plaisir grandissant.

Je me sens heureuse peut-être pour la première fois de ma vie…

Chapitre 18

Ryan

J'ai passé la nuit avec Della. Je ne savais pas que l'on pouvait aimer autant une personne. Je me suis senti rougir comme jamais je ne l'avais été en découvrant son corps, mais Della n'était guère plus assurée lorsque je me suis mis à nu devant elle. J'ai adoré cette roseur qu'elle avait encore sur les joues ce matin. Mon corps tremblait de plaisir et d'émotion en me fondant de nouveau en elle. Elle m'a donné plus qu'elle n'a reçu, même si elle ne s'en est pas encore rendu compte. J'ai l'impression d'être né une seconde fois. Une renaissance que je n'espérais plus pouvoir ressentir. Della aussi s'est accrochée à moi, épousant le mien de son corps moite. J'ai vu des étoiles dans la brillance de ses yeux. J'ai goûté l'amour sur ses lèvres. J'ai découvert le plaisir dans sa rose. Je ne sais si les fées et les elfes nous ont épiés, comme le dit la légende, puisqu'ils sont partout, mais peu m'importe si leurs regards étaient posés sur nous. Je n'avais d'yeux que pour elle. Je suis heureux, mais également plus fragile. Car avant elle, personne ne risquait de me déchirer le cœur, aucune autre femme dans ma vie que ma sœur, que j'aime d'un amour sincère. Et je sais que lorsque

Della repartira chez elle, je serai anéanti. Cependant, comme me l'a dit Ciara, qui reste ma confidente et avec laquelle j'ai échangé ce matin : « Profite de ce que la magie t'a apporté et ne te préoccupe pas du lendemain ! »

J'ai donc décidé en prenant la route avec Della, un jour plus tôt, car la météo prévoit de nouveau de la neige demain, de m'offrir le luxe de l'aimer le temps d'un trajet. Après, je verrai ce que je dois faire pour la retenir.

Chaque chose en son temps.

J'ai été très surpris de voir les yeux de ma sœur se remplir de larmes en disant au revoir à Della. Cette dernière ne se sentait guère mieux. Elles sont restées enlacées de nombreuses minutes, avant que Della ne se souvienne qu'elle avait quelques présents à lui offrir. Ciara a explosé en pleurs avant même de les ouvrir. C'est la première fois que je la voyais dans cet état depuis la mort de nos parents. Cela m'a ébranlé plus que je ne saurais le dire. De fait, je craignais que ma sœur ne soit déçue que je ne sois pas là pour Noël. Mais elle m'a assuré que le plus beau cadeau, c'était de me savoir heureux. Alors je n'ai eu aucun mal à la quitter temporairement, d'autant qu'O'Neill m'a juré de veiller sur elle. Quant à O'Hara, il n'était pas très content de ne pas venir avec moi. Il est vrai que j'ai l'habitude de l'emmener partout où je vais, mais je ne voulais pas que Della s'indispose parce que mon chat imposant désire toujours monter à l'avant. Au fil des kilomètres, il aurait voulu s'installer sur ses genoux et je ne suis pas certain qu'elle aurait survécu à l'épreuve.

– Tout va bien ? me demande Della, assise à mes côtés dans mon SUV.

– Tout va pour le mieux, lui réponds-je en lui étreignant la main.

Elle me sourit et je suis comblé pour un temps.

La route est sinueuse et la neige qui s'est déjà mise à tomber tient plutôt bien au sol. Je reste concentré sur ma conduite, mais mon esprit s'égare par moments en repensant à cette nuit. Les courbes de son corps, son parfum, la chaleur de ses caresses m'enivrent encore. Nous roulons longuement en écoutant simplement de la musique, puis Della me parle soudain de son enfance, de ses parents, sans un foisonnement de détails. Juste quelques bribes de sa vie. J'apprends peu de choses finalement. Seulement, après une centaine de kilomètres parcourus, je finis par savoir qu'elle habite un beau quartier de Londres et a pour seule compagnie un petit poisson nommé Dory. Je pense aussitôt à O'Hara qui n'en ferait qu'une bouchée. Mais je préfère m'abstenir d'en faire la remarque à haute voix. Je risquerais de perdre toute chance de retenir Della si j'en avais l'occasion, ou peut-être même si j'arrivais à en avoir tout simplement le courage…

Nous faisons plusieurs arrêts pour nous ravitailler, nous dégourdir les jambes, bien que mon véhicule soit d'un très grand confort, et nous embrasser, car nous en mourons d'envie à chaque seconde.

Puis nous arrivons finalement à Dingle. La route a toutefois été assez longue, car après la neige, la pluie verglaçante est entrée dans la danse. À peine pénétrons-nous dans la suite réservée que Della me fixe de son regard vert émeraude. Je la trouve encore plus belle que jamais, avec ce visage sérieux.

– Reste ! Reste avec moi pas seulement cette nuit, mais durant tout mon séjour ! me demande-t-elle, en se lovant soudainement contre ma poitrine.

Je sens qu'elle ne me demande pas seulement de rester.

Elle a besoin d'être sauvée d'un je-ne-sais-quoi.

J'ai alors envie de lui crier : « Reste avec moi pour toujours ! »

Malgré cela, ma vaillance se heurte à mes pensées. Je songe qu'elle ne le souhaite peut-être pas vraiment ; qu'elle a peut-être eu une récente déconvenue amoureuse, ne recherchant en moi qu'un peu de réconfort. Mais même si c'est le cas, je m'en fiche, car pour l'instant je crois que j'ai besoin d'elle autant qu'elle a besoin de moi. J'acquiesce à sa demande et nous nous embrassons longuement.

À chacun de nos contacts, je renais.

Puis il est temps pour moi de prévenir ma sœur que nous sommes bien arrivés à destination. Pendant ce temps, Della s'empare de son sac de travail avant de l'ouvrir pour en ressortir son PC…

– Allô, Ciara ! Oui, nous sommes bien arrivés.

– Tout va bien ?

– Oui, tout va bien, ne t'inquiète pas. Et O'Hara ? demandé-je de ses nouvelles, car il est mon compagnon de vie depuis trois longues années et je l'adore, ce gros matou.

– Eh bien, ton mistigri, après avoir gobé sa pâtée, ronfle depuis une demi-heure sur mon sofa !

Un petit rire s'échappe de ma gorge en l'imaginant allongé de tout son long sur le petit sofa. Il ne doit pas rester beaucoup de place à ma sœur et à O'Neill pour s'y installer. Je raccroche, après que Ciara m'a demandé d'embrasser Della et de la remercier encore pour les vêtements offerts. Je me dirige donc vers elle d'un pas alerte, pour obéir à ma grande sœur…

J'arrive derrière elle et m'empare de sa taille en l'enlaçant. Elle se retourne, toujours enlacée, et me fait face. Je l'embrasse aussitôt tendrement sur la joue.

– C'est de la part de Ciara, l'informé-je promptement, lorsque je distingue dans son regard une petite incertitude.

Elle sourit aussitôt, mettant les bras autour de mon cou. Je serais néanmoins curieux de savoir pourquoi elle est soudainement devenue si inquiète. Je me demande si elle n'a pas souffert, elle aussi, dans son passé amoureux. Je la fixe comme si je voulais passer à travers elle, tant mon cœur est épris. Puis je me penche vers son visage.

– Et ça, c'est de ma part…, lâché-je en déposant sur ses lèvres un petit baiser, qui se transforme en un autre, plus langoureux encore.

On finit par se détacher l'un de l'autre et elle me propose de commander à boire, avant de me demander si je préfère prendre mon dîner en salle ou bien ici, dans la suite. Mon souhait va à la seconde proposition. C'était également sa préférence, même si elle m'informe qu'elle devra aller toutefois tester la salle du restaurant.

Pendant que je consulte la carte des menus, elle s'installe dans le coin *bureau* de la suite. L'immense pièce a beau être magnifique et la carte des repas fort intéressante, je n'ai d'yeux que pour elle. Je remarque ensuite qu'elle installe son PC sur la table de belle dimension et certainement de belle facture qui fait office de bureau, avant d'étaler dessus plusieurs petites fiches, avec des tableaux qui ne sont remplis qu'en partie. C'est certainement avec l'aide de celles-ci qu'elle va pouvoir noter les lieux. Elle pose ensuite quelques stylos de couleurs devant ses fiches. Elle me fixe du regard, car je ne sais que lui dire.

– Je te prie de m'excuser, c'est mon protocole de travail !

– Non, non, il n'y a pas de souci. J'aime te regarder, dis-je avec un sourire.

Elle se lève de son siège, me demandant si j'ai choisi ce que je voulais manger.

– Toi, lâché-je timidement, sentant une rougeur envahir mes joues.

Sans un mot, mais avec un sourire merveilleux, elle vient s'asseoir sur mes genoux. Je l'enlace aussitôt et nos bouches se retrouvent rapidement. Je continue de l'embrasser en la soulevant dans mes bras. Elle est légère comme une plume. Je l'allonge sur le lit, détachant mes lèvres des siennes.

– Ne dois-tu pas également tester le lit ? dis-je avec un sourire mutin.

Elle se mordille la lèvre inférieure, tout en acquiesçant du chef. Il ne me faut pas plus d'une minute pour *l'effeuiller* de ses vêtements…

La soirée est déjà fort avancée lorsqu'un garçon d'étage nous apporte notre dîner. Nous le dévorons comme des ogres. Je prends toutefois note que dans le dessert, une pointe de cannelle aurait fait son effet. Je souris à cette pensée et Della m'interroge aussitôt. Je lui en fais part et elle acquiesce à ma suggestion sans hésiter.

Je me rends alors à l'évidence. Cette femme est celle que j'attendais depuis toujours. Je remercie pour la énième fois les elfes, les fées et même les nymphes de ce cadeau de Noël. Je me demande encore comment j'ai pu vivre sans elle. Elle est mon tout.

Tard dans la nuit, nous prenons un bain dans l'immense baignoire thalasso.

Nous y passons un temps certain.

Un temps certain à nous embrasser.

Un temps certain à nous caresser.

Un temps certain à faire de nouveau l'amour…

Chapitre 19

Della

Dix jours. Je viens de passer dix jours magiques. J'ai travaillé, bien évidemment, cependant j'ai su allier l'utile à l'agréable. Ou bien était-ce l'inverse ?

Ryan m'a été d'une grande aide. Il m'a donné son avis sur certains mets, a fait quelques observations sur des détails infimes à propos de chacune des deux suites que nous avons occupées. Quant au menu, il a été plus que performant. Pour un client lambda, les plats auraient été parfaits, mais Ryan a mis le doigt sur chaque point qui constituait un défaut, tant sur l'assaisonnement, la disposition des mets dans le plat principal, l'accompagnement et les desserts. Et si j'étais d'accord, ce n'est pas parce que je suis complètement dingue de lui. C'est parce qu'il est vraiment un fin gourmet et qu'il a le souci du détail, comme sa sœur. Je crois qu'il a été à bonne école avec elle. Ciara est performante dans tous les plats qu'elle nous a concoctés !

J'ai adoré notre petite collaboration et, à cet instant précis, je ne peux m'imaginer vivre sans lui. Je ne sais pas comment je vais faire pour repartir demain sans lui.

L'Angleterre ? L'Irlande ? C'est compliqué dans ma tête.

Ryan est encore allongé dans notre lit, fort confortable, et la suite que nous occupons mérite ses quatre étoiles, autant que l'hôtel de Dingle où nous avons passé un merveilleux Noël tous les deux. Oh, nous avons bien évidemment appelé Ciara et O'Neill en FaceTime, qui avaient tous deux des chapeaux de lutins sur la tête. Ils étaient un peu ivres, je crois, et après avoir raccroché, on a ri en se demandant pourquoi des chapeaux de lutins avant de convenir qu'ils avaient certainement leur raison.

Cork est une ville agréable et très animée. Ce soir, c'est le jour de l'an et je devrais me sentir heureuse. En fait, je le suis si j'arrête de penser que je dois retourner chez moi. Un pincement au cœur m'empêche soudainement de sourire, mais je me ressaisis vite, car je ne veux pas gâcher les quelques heures qu'il nous reste à passer ensemble.

Nous nous préparons pour cette soirée unique de l'année. Nous avons prévu de nous rendre dans un restaurant de la ville, pour lequel Bruce m'a réservé une table. J'ai bien évidemment entre-temps modifié celle-ci pour deux. Au lieu de nous apprêter d'une tenue festive, nous portons tous deux nos pulls tricotés avec trois-cents-pelotes-de-laine-de-mouton. Je tiens à vérifier que le sien a bien un petit trèfle vert brodé sur son épaule gauche. Il rit de me voir chercher cette petite marque de fabrication, car je suis bien plus petite que lui et que le trèfle ne se trouve donc pas à la portée de mes yeux.

Il décide toutefois de ne pas me faciliter la tâche…

Je lui cours après dans la suite gigantesque et je finis par réussir à le coincer au pied du lit *king size*. Il se laisse tomber dessus à la renverse, le dos sur la couette moelleuse et je peine à essayer de le retourner pour faire ma vérification. C'est là que je me rends compte de sa force démesurée. Il m'attrape aussitôt par la taille et me soulève au-dessus de son corps sans aucun tremblement, sans aucun effort. Tout en me gardant à bout de bras, il secoue la tête négativement.

– Si tu veux avoir la réponse à ta question, il va falloir payer un dû, réclame-t-il tandis que ses joues prennent cette roseur que j'aime tant.

Puis, sans attendre quelque réponse de ma part, il me fait descendre très lentement contre lui. Allongée de tout mon long sur son corps, je m'active à régler cette dette tant exigée. Mais il joue avec moi en détournant plusieurs fois le visage, assez pour que je n'arrive pas à atteindre sa bouche.

– Tu es un miracle, lâche-t-il soudain dans un murmure, tout en rivant son regard au mien, avant de forcer la barrière de mes lèvres.

Encore une fois je vibre et mon cœur bat la chamade comme jamais. Je ne pense plus à sortir, plus à repartir, plus à mes parents qui doivent faire je ne sais quoi, plus à personne qui ne se prénommerait pas Ryan…

Nous ne faisons plus qu'un.

Plus tard, car je me dois de tester pour ma dernière soirée à Cork ledit restaurant réservé, nous nous réapprêtons. Heureux de nous voir si bien assortis avec nos pulls de chez la vieille Mam'Michigan, nous sortons de notre suite, qui méritera toutes les étoiles que je lui donnerai en rentrant à Londres. Rien que d'avoir cette pensée, je fronce le regard et serre les dents. En cet instant, je ne veux surtout pas penser à ma boîte ni à Londres. Je veux simplement être là où je suis : au côté d'un homme merveilleux, bienveillant et que j'ai l'impression de connaître depuis toujours. Je lis en lui comme dans un livre ouvert. Il est si attentionné que c'en est presque troublant.

Il me rend heureuse…

Le repas est quelque peu décevant, mais nous sommes si chanceux de nous être trouvés que nous nous en moquons. Je note toutefois dans un recoin de ma tête qu'il faudra que je me souvienne des points négatifs de ce restaurant.

– Dix ! Neuf ! Huit ! Sept ! Six ! Cinq ! Quatre ! Trois ! Deux ! Un ! Bonne année !

Les gens autour de nous s'embrassent et s'enlacent sitôt ces deux mots prononcés, qui fusent encore de nombreuses fois de la bouche des clients. Ryan et moi y faisons également honneur. Nous restons longuement enlacés, insouciants des clients qui, tout à leur bonne humeur, nous bousculent. Détachés l'un de l'autre, nous nous trouvons accaparés par ces derniers qui n'hésitent pas à nous embrasser, tout en s'écriant à l'envi : « Bonne année ! » Certains et certaines y vont d'un baiser sur la joue, d'autres n'hésitent pas à déposer leurs lèvres brièvement sur les miennes ou sur celles de Ryan. Je suis gênée par leur attitude. Cependant, Ryan me souffle entre deux accolades que c'est l'une des traditions en Irlande, qui se pratique fréquemment à cette date. Je ne sais si c'est à cause de ces baisers volés ou à cause de ma phobie des gens qui doit marquer mon visage, quoi qu'il en soit, Ryan me prend soudainement la main et m'entraîne à sa suite, afin que nous passions les portes du restaurant pour nous éclipser. Une fois dehors, nous rions aux éclats, avant que je ne m'exclame :

– Mince, je n'ai pas réglé le restaurant !

Nous rions de plus belle et il me propose de revenir un peu plus tard pour le faire.

Entrer de nouveau maintenant serait une erreur, car nous nous ferions enlacer et embrasser, comme si nous arrivions. Je lui donne raison et nous partons aussi loin que possible de la foule déchaînée. Nous refaisons surface dans notre suite en passant discrètement le hall d'entrée. Il n'est pas question de nous faire encore accaparer. Arrivés dans notre chambre, nous nous débarbouillons aussitôt le visage avec l'eau florale de Ciara. J'aime toujours autant cette odeur.

– Je vais payer notre restaurant à distance, l'informé-je, alors qu'il insiste pour régler la note.

Mais je lui rétorque que ces frais font partie de mon voyage de travail et que toutes mes dépenses sont prises en charge par mon employeur. Puis je compose le numéro de téléphone du restaurant et me confonds en excuses auprès du gérant pour notre fuite. Celui-ci, d'une voix rieuse, n'est pas du tout contrarié. Je crains que, fâcheusement pour lui, ce genre de filouteries ne lui arrive fréquemment. Sa bonne humeur est communicative et je finis par rire avec lui avant de régler par carte de crédit le montant à lui devoir. Je souris en fixant ma carte de paiement qui est toujours noire. Tout en lui communiquant les chiffres de celle-ci, je repense à ce jour, pas si lointain, où j'avais acheté un chocolat au lait qui avait fini sur le pull de Ryan. Je n'ai pas pour habitude d'être nostalgique, mais je forme le souhait de pouvoir revivre chaque instant passé auprès de Ryan, en commençant par celui de notre rencontre. Je raccroche, un sourire aux lèvres, tandis que dans ma tête s'imprime cette fabuleuse et inoubliable soirée.

À mon réveil, j'observe Ryan encore endormi. Ses traits sont d'une beauté singulière et son corps d'une puissance inattendue. Je crois bien qu'aux côtés de Ryan, j'ai fait provision du bonheur pour longtemps. Notre petit séjour a été parfait. Parfaite aussi notre relation. Nous avons profité l'un de l'autre autant que cela nous a été possible. Comme si nous n'allions plus jamais nous revoir. Cette pensée me foudroie et j'ai fortement envie de pleurer. Je sais que dans quelques heures,

Ryan repartira chez lui et moi, je m'envolerai pour Londres. Je retiens mes larmes pour qu'il ne me voie pas triste, tandis qu'il émerge de son sommeil, le sourire aux lèvres. Je sais qu'il en sera affecté, lui aussi. Alors que je m'apprête à lui annoncer que nous devons partir, que c'est fini parce que ça doit l'être, je reçois un appel de Bruce.

J'hésite à lui répondre.

Ce n'est pas le moment.

La sonnerie s'interrompt et je me dis : *Tant mieux*. Ainsi, il me laissera un message vocal. Cependant, mon téléphone sonne de nouveau. Soucieuse, je prie Ryan de m'excuser, avec un petit baiser chaste que je dépose sur ses lèvres, avant de me redresser dans le lit pour décrocher.

– Allô, Della !

– Oui, Bruce ! Tout va bien ?

– Non, justement, je t'appelle pour te dire que M. Nolan a vendu la société la veille de Noël. Nous venons juste de l'apprendre, mais nous ne connaissons pas encore le nom de l'acquéreur. J'espère que cela ne va rien changer pour nous. Je ne sais pourquoi, mais j'ai le sentiment que ça ne sent pas bon du tout, du tout ! ajoute-t-il, la gorge serrée.

Sans lui répondre, je déglutis fortement, avec soudain une envie de vomir. Je crois savoir parfaitement qui est l'acquéreur.

Papa !

Il m'a déjà fait le coup par le passé et maman a été assez vindicative et menaçante lors de notre dernière discussion pour que ce soit le cas. Mais je ne pensais pas qu'il agirait aussi vite. J'ai envie de hurler !

Bruce m'annonce également que le *business trip* de Robert a été interrompu à cause de la vente. M. Nolan voulait que sa fille rentre plus tôt. De fait, j'ai appris qu'une fois rentrés, Robert a rompu spontanément avec Murphy.

– Tu en es certain ? Ce n'est pas plutôt elle qui l'a largué !

– Non, c'est bien lui. De toute façon, elle était bien trop jeune pour lui, ajoute-t-il.

– Ils sont rentrés quand ? demandé-je sans que toutefois cela puisse changer le fait que la société pour laquelle nous travaillons risque de s'évaporer.

– Eh bien, j'ai appris qu'il était passé au bureau brièvement avant-hier et qu'il s'est entretenu uniquement avec Norma. Je ne couche plus avec elle depuis qu'elle sort avec un type de la compta, alors je ne sais de quoi il retourne. Mais je n'ai pas revu Robert, si c'est ce que tu souhaites savoir…

Je ne sais pas si tout cela me soulage de le savoir. Je termine ma conversation avec Bruce, qui ne m'apprend rien de plus. Je décide alors de téléphoner à Carlita, au cas où Robert aurait décidé de venir squatter mon appartement. Après tout, cet odieux personnage ne m'a pas rendu mon jeu de clés avant de partir. J'apprends alors qu'il s'est bien rendu chez moi. Carlita, qui l'a entraperçu lorsqu'il en ressortait, lui a craché à la figure ses quatre vérités. J'espère toutefois qu'elle ne lui a pas donné plus de détails sur mon compte. Après tout, Robert n'a jamais su qui était ma famille et je ne souhaite surtout pas qu'il l'apprenne.

Je raccroche avec ma voisine et ne me sens pas du tout soulagée en rejoignant Ryan, qui se trouve toujours dans la salle de bains. Comme il n'a pas dû entendre mes conversations, je préfère lui dire que tout va bien. Je veux rester heureuse jusqu'à la dernière seconde, si celle-ci doit être la dernière qui me lie à lui.

Ryan et moi faisons une dernière fois l'amour avant de rendre les clés de la chambre. J'ai l'impression que l'on va m'amputer d'un membre tant j'ai mal dans mon corps. Ryan ne semble soudain guère mieux. Durant le trajet fort court pour nous rendre à l'aéroport international de Cork, nous échangeons à peine. Mais Ryan conserve ma main dans la sienne et l'étreint par moments un peu plus fortement, lorsque son cœur se serre comme le mien. Nous nous disons au revoir devant le hall d'embarquement.

– Je t'appellerai tous les jours avant que nous ne puissions nous revoir.

Je sais que c'est une promesse qu'il compte tenir.

Je souffre et je me demande pourquoi je repars. J'ai envie de rester à ses côtés toute ma vie. Malgré mon profond souhait, je me résigne, car j'ai encore quelques comptes à régler avec mes parents avant de revenir le voir.

– Il me faut partir pour mieux te revenir, lui annoncé-je avant qu'il ne m'embrasse encore une fois, comme si c'était notre dernier baiser.

Chapitre 20

Ryan

Je repars de l'aéroport anéanti. Je ne sais que faire et où aller. Della me manque déjà cruellement. Je sors mon téléphone de la poche arrière de mon jean et compose le numéro de ma sœur. J'ai besoin de Ciara à cet instant précis si je ne veux pas sombrer, comme par le passé, dans les bas-fonds tel le *Titanic*.

– Allô, Ciara ? dis-je d'une voix enrouée, serrée par l'émotion.

– Ryan ! Comment vas-tu, mon trésor ? me rétorque-t-elle.

– Della est partie. Je vais mal.

– Mais pourquoi ne l'as-tu pas retenue ? Elle est amoureuse de toi, espèce de nigaud !

– Je n'en suis pas certain, tu sais.

– Est-ce que tu le lui as demandé, au moins, pour en être sûr ?

– Non, je n'ai pas osé. Je n'ai pas osé non plus lui dire que je l'aimais. Je l'aime, Ciara, à en crever !

– Alors tu ravales ta peur et tu vas la chercher ! s'écrie-t-elle.

– Impossible ! Elle a déjà passé le sas d'embarquement, poursuis-je, tandis que ma sœur m'interrompt.

– Et depuis quand cela arrête un homme amoureux ? Fonce et ramène-la ! m'ordonne-t-elle d'une voix tendre.

Je raccroche, tandis que les portes de l'ascenseur, que j'ai appelé pour me rendre au parking souterrain afin de récupérer mon véhicule, s'ouvrent devant moi. Bien évidemment, je n'y pénètre pas. J'opère une volte-face avant de courir jusqu'à la porte d'embarquement, espérant que Della s'y trouve encore. L'embarquement est en cours, mais je vois Della toujours en attente. Je cogne sur la vitre, mais un agent de la sécurité me demande de cesser sur-le-champ. Je me dirige alors vers un comptoir pour m'acheter un billet, tout en envoyant un SMS à Ciara pour lui annoncer ma folie. Elle me répond : *« Fonce ! Je crois en toi ! »* Mais, mauvaise surprise : le vol est complet. Je tente tant bien que mal d'obtenir satisfaction, mais en vain. Je retourne vers la porte d'embarquement, avec un espoir incertain. Je prie les elfes pour qu'un miracle arrive. Je sais qu'il s'en trouve toujours un caché quelque part… C'est alors qu'une femme apparaît comme par magie, hésitant à passer le sas. Elle tergiverse tellement que j'ose lui demander si elle a un billet pour ce vol. Je dois être tellement dépité qu'elle me regarde sans un mot. Puis ses yeux se dirigent vers la gauche, puis la droite, comme si elle était en pleine réflexion intérieure. Toutefois, elle ne dit toujours mot. Ma patience est mise à rude épreuve, mais je ne sais que faire de plus. C'est alors qu'elle me demande de la suivre, en me tendant son billet. Je la remercie en la suivant. Nous nous dirigeons d'un pas alerte vers un comptoir pour procéder à une modification de nom, afin que je m'enregistre sur ce vol et lui rembourse ce billet. Une chance, le comptoir est vide et l'hôtesse fort rapide. Je crois que c'est la plus grosse folie que j'aie pu faire dans ma vie : prendre un avion sur un coup de tête, ou plutôt pour un coup de foudre, sans connaître le résultat qui en découlera.

Mais je reste confiant et certain que Della sera heureuse de me revoir. Elle était si triste que nous nous quittions. Nous venons de passer un séjour formidable et magique. Dès notre premier contact, j'ai eu le sentiment qu'elle était une moitié de moi. À quoi bon avoir été créé si je ne suis pas avec elle ? Elle est le souffle qu'il me faut, l'avenir qu'il me manquait, le bonheur de toute une vie. Mon amour pour elle est plus que nécessaire. Il est vital…

Je cours de nouveau vers la porte d'embarquement. C'est alors qu'un homme me bouscule et me double pour passer rapidement le sas avant moi. Il ne s'excuse nullement. Je prends l'initiative de ne pas l'interpeller pour lui dire le fond de ma pensée, car je suis bien trop heureux. Tout en revoyant Della qui se trouve à moins de vingt mètres de nos retrouvailles, je suis arrêté par un agent lorsque le sas de sécurité qui me scanne se met à sonner. Celui-ci me demande d'ôter tout objet en métal que j'ai sur moi. Je vide mes poches, retire ma ceinture et dépose mon blouson sur le tapis. Pendant que mes affaires passent au scanner, mon cœur bat tellement fort que j'ai l'impression que tout le personnel qui m'entoure peut l'entendre.

Soudain, je vois au loin l'homme qui m'a bousculé s'approcher de Della. Le contrôleur me demande de récupérer mes affaires scannées, mais mes yeux restent rivés sur Della et cet homme. Je me fais aussitôt la réflexion qu'elle doit être surprise, car elle ne fait aucun mouvement. Toutefois, elle fixe toujours l'individu tandis que moi, je reste tétanisé sur place, un mauvais pressentiment me traversant autant le corps que l'esprit. Puis, arrivé à sa hauteur et sans plus attendre, il l'enlace, sans qu'elle le repousse. C'est alors que la plus horrible scène qu'il m'ait jamais été donné de voir se produit sous mes yeux. L'homme embrasse Della, qui ne se dégage pas de son étreinte. J'ai l'impression de devenir fou. Une douleur me brûle la gorge à m'en faire pousser un cri presque animal. Le douanier me regarde, suspicieux, prêt à dégainer son Taser. Je tente de me ressaisir, bien que tout mon corps soit affreusement douloureux. J'hésite à m'approcher d'eux pour comprendre ce qu'il se passe. Néanmoins, j'en déduis surtout que Della connaît sûrement cet homme. Sinon, quelle femme se laisserait embrasser ainsi par un inconnu ? Je continue de regarder la scène cruelle qui se joue devant moi, tandis que mon corps semble s'effriter sur place. La douleur m'oblige à fermer brièvement les yeux. Je me répète en boucle que ce n'est pas vrai, que c'est une hallucination, que ce n'est pas possible, que je vais me réveiller de ce cauchemar. Alors que je pensais que ce premier acte était déjà à un niveau extrême de ce que je peux supporter, le second qui se produit instantanément devant moi me réduit à néant. Un genou à terre, il lui demande quelque chose de fort manifeste. Della, le regard rivé au sien, ne cherche pas à regarder ailleurs.

Imbécile ! me tancé-je en silence. *Pourquoi veux-tu qu'elle regarde ailleurs alors qu'il s'agit sans nul doute de son futur mari ? Quel idiot je fais !*

Puis, elle a certainement dû accepter sa demande car, avec un large sourire, il se redresse et lui entoure le cou de son bras, avant de l'attirer contre lui pour embarquer ensemble. Je trouve sa façon cavalière et vraiment loin d'être romantique, comme si elle était *sa* chose. Je chasse aussitôt de ma tête cette remarque stupide, qui ne changera rien à tout ce qui vient de se produire ici, puisque Della ne l'a aucunement repoussé. Certes, elle me paraît quelque peu groggy, cependant elle continue de se déplacer d'un pas nonchalant à ses côtés.

Tu m'étonnes qu'elle soit surprise ! Il vient de la demander en mariage ! entends-je résonner dans ma tête.

Complètement désemparé, je la remue pour chasser cette voix étrange, essayant encore de comprendre ce qu'il vient de m'arriver. Il me faut plusieurs minutes avant de me rendre compte que je suis là, en train d'attendre une femme qui a déjà quitté les lieux, sans même un regard vers moi.

Je n'ai plus rien à faire ici.

D'un pas las de souffrance, je récupère mes affaires et ressors par où je suis arrivé.

Le temps de regagner ma voiture, j'ai l'impression de flotter dans de la mélasse. En m'installant sur mon siège, je ferme les yeux, espérant chasser Della le plus rapidement possible de mon esprit pour ne plus avoir à souffrir… Ma passion s'est transformée en poison et je n'ai aucun moyen de m'en guérir. Soudain, je m'accroche à l'image de mon chat, mon O'Hara, qui m'est d'une fidélité sans pareille. Je m'en veux presque de l'avoir abandonné pour *elle*. J'y croyais tellement cette fois-ci que la douleur qui en résulte me foudroie le cœur, comme des milliers de lames ardemment aiguisées. Je ne sais comment je vais réussir à me relever de cette relation. Je n'ai aucun souvenir de la façon dont j'ai démarré mon véhicule ni comment j'ai roulé jusque chez ma sœur, sans même faire un arrêt. Je ne sais même pas par quel chemin je suis passé. Mais lorsque Ciara m'entrouvre la porte de chez elle, je m'effondre dans ses bras, comme le petit garçon blessé que j'ai été il y a de nombreuses années…

Chapitre 21

Della

Mon visage est resté fermé dès que j'ai reconnu Robert à l'aéroport. Il s'est jeté à mes pieds, empli de regrets, s'agenouillant pour mieux s'excuser de sa tromperie. Quand il m'a embrassée, j'ai bien cru vomir. Cependant, je n'ai rien fait pour le repousser, car chez les de Bourgh on ne lave pas son linge sale en public. Mais je compte bien avoir une explication houleuse avec lui dès lors que la porte de mon appartement se refermera derrière nous. Je prends pour l'instant mon mal en patience. Heureusement, il n'a pas pu prendre le siège à mes côtés. Une femme et un enfant, difficile de les séparer, même pour un homme qui se dit amoureux. Je ferme les yeux, tentant de dormir et de rêver de Ryan. Le petit bouchon à côté de moi n'en fait qu'à sa tête et sa maman semble dépassée. Je décide de m'occuper de celui-ci. Cela aura au moins le bénéfice de me changer les idées. Le vol me paraît soudain plus léger et la prévision d'atterrissage est déjà annoncée. Je sors de l'avion, Robert sur mes talons. Je récupère ma valise et il me colle de près, à m'en donner une urticaire géante. Puis il me conduit chez moi. Je me demande ce que je fais là, installée à ses côtés dans sa voiture, tandis qu'il m'annonce que c'est Norma qui lui a transmis mon numéro de vol. Au lieu de m'attendre à l'aéroport, il a préféré venir en Irlande me chercher. Chose inutile. Soudain, j'ai l'impression d'être devenue sourde, car je refuse d'écouter ce qu'il a à dire de plus. J'ai hâte d'arriver à mon appartement. Ce qui survient enfin, à mon grand soulagement, car je sens que je suis à la limite d'exploser. Je n'aurais pu attendre trente secondes de plus…

– Ce n'est pas la peine de te déchausser, commencé-je en le voyant déjà reprendre ses aises, comme si de rien n'était.

Il me regarde avec ses petits yeux dénués de charme et j'ai du mal encore à croire que j'ai pu être amoureuse d'un tel être, cupide et faux.

– Que veux-tu dire, ma chérie ? demande-t-il d'une voix doucereuse.

– Ce que je veux dire ? Je veux dire par là que tu n'as pas besoin de te déchausser pour me rendre mes clés et partir d'ici pour toujours.

Ma voix est si calme que je m'étonne moi-même. En fin de compte, je me sens forte, plus forte qu'auparavant, parce que j'ai un homme merveilleux dans ma vie, qui me manque déjà cruellement. Je sais que je vais le retrouver bientôt, une fois que j'aurai mis les choses au clair avec mes parents et avec cet énergumène qui se trouve devant moi et agit comme si de rien n'était.

– Mais que t'arrive-t-il ? Tu étais si douce, bébé, il y a encore une secon…

– Je ne suis pas ton bébé et je ne l'ai jamais été ! l'interromps-je. Tu appelais sans doute ainsi *la petite Nolan*, mais moi, tu ne m'appelles pas comme ça ! D'ailleurs, tu ne m'appelles plus du tout ! dis-je, étonnée par le flot de mots qui se déversent de ma bouche, sans que je puisse les contrôler.

Et il y a quelqu'un dans ma vie qui n'est pas toi, ajouté-je, afin de lui faire comprendre que c'est définitivement fini entre nous.

– Ce n'est qu'un égarement, ma chérie ! Cet homme ne compte pas, c'est du passé ! ose-t-il me déclarer.

– Cet homme, comme tu dis, est un homme formidable auquel tu n'arriveras jamais à la cheville !

– Mais puisque je te dis que je ne t'en tiens pas rigueur ! C'est qui, un Irlandais ?

– Oui, lui réponds-je avant de le regretter.

J'ai beau vouloir lui cracher au visage mon amour pour Ryan, je ne veux toutefois pas qu'il en sache plus sur moi. C'en est même déjà trop. Robert est un fouineur. Je prends soudain l'ampleur de tous ses défauts. Il est capable de tout…

– Mais que vais-je dire à tes parents ? Ils attendent notre visite dans leur domaine…

Je manque de m'étrangler en entendant cette information.

– D'où connais-tu mes parents ? m'insurgé-je.

– Eh bien, ton père a racheté notre société, ma puce, et j'ai eu la chance de le rencontrer. C'est un homme formidable et je me demande pourquoi tu ne me l'avais pas encore présenté !

J'essaie d'assimiler tout ce qu'il me dit. Mais c'est compliqué. Je ne m'étais donc pas fourvoyée en pensant que mon père était derrière ce rachat. Cependant, ce qui me navre le plus, c'est de savoir que Robert est revenu vers moi uniquement parce qu'il a compris qu'il y avait une fortune familiale qui lui tendait les bras. Ce n'est finalement qu'un coureur de dot… Qui plus est, je suis dégoûtée de savoir qu'il s'est présenté à mon père comme si nous étions ensemble et que je vais devoir maintenant m'expliquer auprès de mes parents à son sujet. Il ne montre même pas de jalousie, alors que je lui ai dit que j'avais quelqu'un dans ma vie. La colère s'empare soudainement de moi et je sens que je ne vais pas pouvoir me contrôler plus longtemps. J'attrape son manteau d'une main, entrouvre ma porte d'entrée et le jette sur le palier avant de dire à Robert :

– Fiche le camp de chez moi où je ne réponds plus de rien !

Carlita, qui a dû entendre mes éclats de voix, sort immédiatement de son appartement, prête à en découdre avec Robert. Je lui fais aussitôt signe d'une main que je contrôle la situation, même si je n'en suis pas si certaine. Je ne dois pas mêler Carlita à notre irrémédiable séparation. Robert, hébété par ma rébellion, à laquelle sans nul doute il ne s'attendait absolument pas, passe devant moi, tandis que je m'écarte du pas de ma porte pour qu'il sorte et ne revienne plus jamais.

– Mes clés ! demandé-je toutefois, me rendant compte qu'il ne me les a toujours pas rendues.

Il s'exécute puis, d'un pas lent, il part, avant de s'arrêter et de se retourner vers moi en me jetant à la figure :

– Tu vas le regretter !

– Certainement pas, rétorqué-je d'une voix neutre.

Si Carlita ne s'était pas trouvée là, je crois que j'aurais claqué ma porte avec virulence dès qu'il l'aurait passée. Mais je suis vraiment heureuse qu'elle soit là. Je patiente quelques secondes, le temps que Robert descende quelques marches, puis je cours me jeter dans les bras de mon amie.

– Tu vois que tu es malheureuse sans moi ! s'exclame Robert en remontant rapidement les marches, avant de trébucher sur la dernière et de s'étaler de tout son long devant nos yeux.

La face au sol et le nez qui saigne, il continue de palabrer, se redressant comme si de rien n'était. Je n'ai pas le temps d'opérer le moindre geste car Carlita s'est détachée de moi pour lui faire front. Elle s'empare aussitôt de son long parapluie, qui se trouve toujours sur notre palier, et le lève vers Robert pour le chasser. Rocky aussi est de la partie. Il aboie encore et encore, sautant presque sur place à chacun de ses jappements.

Si je n'étais pas autant retournée par tout mon échange avec Robert et par son incroyable chute, je rirais aux éclats. Ce qui finit par arriver lorsque je le vois prendre ses jambes à son cou et s'enfuir sans demander son reste, tandis que Rocky continue de japper, avant de sauter dans les bras de sa maîtresse. Soulagée, je rentre chez mon amie et suis bienheureuse de retrouver ma Dory, qui fait des bulles et des bulles comme si elle me reconnaissait !

Je reste avec Carlita et elle me propose de dîner avec elle, chose que j'accepte. Je lui raconte alors les événements qui ont marqué mon périple. Je lui parle aussitôt de Ryan et de son énorme chat-tigre.

– Hum... un énorme chat-tigre ! Eh bien, tu as bien dû t'amuser, ma jolie ! lâche-t-elle l'œil brillant.

Je comprends aussitôt qu'elle se fourvoie sur la chose...

– Non, ce n'est pas ce que tu crois ! Ryan a réellement un chat qui ressemble à un tigre, tant il est géant !

– Comment ? Tu veux dire que tu ne parlais pas de son zigouigoui !

– Seigneur ! Non ! réponds-je en sentant une chaleur me monter au visage.

Cette confusion finit par nous faire éclater de rire. Je poursuis mon histoire, les joues rougies par l'idée que Carlita a insufflée dans mon esprit. J'arrive tant bien que mal à lui parler de Ciara et de la liaison amoureuse qu'elle a finalement développée avec O'Neill, un garçon élégant et fort drôle. Je lui parle même de ma rencontre avec les deux vieilles tricoteuses dont l'une a prié les elfes pour que je reste en Irlande !

– C'est fantastique, ma belle ! Je suis heureuse pour toi.

Je lui étreins les mains en signe de reconnaissance, avant de lancer :

– Oh, j'allais oublier ! Je t'ai rapporté quelque chose d'Irlande !

Je cours chercher chez moi les présents que je lui réserve et que je lui offre deux minutes plus tard. Carlita est ravie par l'eau florale que j'ai achetée à Ciara exprès pour elle, ainsi que par les lingettes démaquillantes lavables, tricotées en laine de mouton par la vieille Saoirse et que j'ai acquises en grand nombre.

– Et ça, c'est pour qui ? m'exclamé-je en lui tendant un petit pull en laine de mouton.

Il ne s'agit nullement d'un pull pour elle, mais pour Rocky. La vieille tricoteuse avait un nombre de créations incroyables en plus des pulls qu'elle tricote pour les gens. Je sais que je viens de toucher une corde sensible, car Carlita adore son chien comme son enfant. Elle trouve le pull adorable et Rocky semble l'apprécier également. En lui expliquant la marque représentant un petit trèfle, je repense aussitôt à Ryan et à notre course-poursuite dans notre suite durant laquelle il ne voulait pas me laisser voir si son pull était un vrai « Mam'Michigan ». Une sensation de bien-être s'empare de moi instantanément, malgré le manque énorme que j'ai de lui. Carlita me voit rougir. Après quelques détails succincts, elle me demande pourquoi je l'ai quitté. Je lui avoue que je n'en avais nullement l'envie, mais qu'il me fallait rentrer pour régler quelques différends que j'ai avec mes parents. Je lui apprends en sus que mon père s'est amusé à racheter ma boîte durant mon périple, espérant ainsi me faire rentrer à « Rosings Park ». Je refais le monde avec elle avant de rentrer chez moi, tard dans la nuit, ma Dory dans les mains faisant mille tours dans son petit aquarium tout rond. Je me plonge sous une douche et même si je suis contente de ma soirée passée, je reste quelque peu soucieuse. Je n'ai pas encore eu de nouvelles de Ryan. Pourtant, je lui ai laissé un message avant de descendre de l'avion pour lui dire que j'étais bien arrivée à Heathrow. Je suis certaine qu'il n'a pas dû encore l'écouter, sinon il m'aurait déjà appelée. Je tente un nouvel appel, même s'il est tard. Je rêve d'entendre sa voix avant de m'endormir. Cependant, après trois sonneries, je tombe sur sa messagerie. Je suis inquiète, car il avait beaucoup de route à parcourir pour rentrer. J'aimerais savoir si tout va bien, mais comme une sotte, je n'ai pas pensé à demander à Ciara son numéro de téléphone. Je comptais le faire avant de la quitter, mais on a tellement pleuré qu'on a oublié de les échanger. Ensuite, j'ai passé tellement de bon temps avec Ryan que cela m'est complètement sorti de la tête. J'avais celui de Ryan et ça me suffisait. Seulement maintenant, je le regrette beaucoup, car j'ai peur qu'il ne soit arrivé quelque chose à Ryan. Dans la nuit, je me réveille pour vérifier s'il ne m'a pas envoyé de SMS.

Le cœur serré, je constate que non. Je n'ai rien reçu de sa part…

Chapitre 22

Ryan

Ciara a encore été formidable, même si elle ne peut rien faire de plus pour me rendre mon bonheur perdu. Elle était encore là pour m'écouter m'épancher sur mon cœur qui saigne affreusement. O'Neill aussi. Après leur avoir tout raconté, je n'ai plus eu qu'une seule envie : les laisser à leurs amours et m'enfermer chez moi, seul avec mon fidèle chat. De me sentir si triste, O'Hara ne se jette plus sur sa pâtée comme d'habitude et vient se coller à moi plus que de raison. Cela me fait un grand bien de l'avoir et je suis heureux de l'avoir adopté, trois ans plus tôt. En fait, je ne l'ai pas vraiment adopté, mais sauvé. Je l'ai trouvé dans une poubelle de Milltown, alors que je m'arrêtais pour y jeter une petite bouteille d'eau que je venais de finir de boire. La découverte de cette minuscule boule de poils m'a chaviré le cœur, d'autant que ses frères et sœurs qui se trouvaient à ses côtés étaient sans vie. Je l'ai pris et il s'est blotti aussitôt contre moi, recherchant la chaleur maternelle qui lui faisait défaut. Je l'ai soigné et je me suis occupé de lui, sans imaginer qu'un jour ce serait son tour de me sauver. D'une certaine manière, il me réconforte par son silence entrecoupé de ses ronronnements apaisants.

Della multiplie les appels, mais je ne décroche pas. Je ne peux tout simplement pas. Je n'ai même pas la force d'écouter ses messages ni d'entendre sa voix. Je ne pourrais pas non plus supporter d'entendre ses explications, si elle décidait de me dire elle-même qui est cet homme. Pourtant, il est vrai que nous ne sommes pas entrés dans les détails de nos vies. Il n'y avait pas d'urgence et je présumais avoir la vie devant moi pour le faire. Je pensais que ses soucis étaient d'ordre professionnel. J'étais à mille lieues de penser qu'il s'agissait d'un homme. D'autant qu'elle n'avait pas l'air d'avoir des comptes à régler avec lui à l'aéroport. Je me sens trahi. C'est le mensonge qui me fait le plus de mal. Roisin, mon ex-fiancée, m'avait menti et sa trahison m'avait pratiquement mis à terre. J'avais mis un temps fou à remonter la pente et, lorsque Della est entrée dans ma vie, j'ai vu une lumière en elle qui m'éclairait assez pour que je lui ouvre mon cœur.

Je me sens meurtri.

La mort me semblerait plus douce que cette souffrance amère qui s'insinue en continu dans mon cœur. Je vais tenter de survivre à cette douleur, mais plus rien n'a de goût. Je n'ai même plus l'envie de pâtisser.

Quant aux elfes, je crois finalement qu'ils n'existent pas.

Les jours s'écoulent et se ressemblent atrocement pour moi. Noël est loin et janvier déjà bien entamé lorsque je décide de faire une tournée pour prévenir en direct les gérants de pubs et autres propriétaires de restaurants et de boulangeries que je ne pourrai plus les servir en pâtisseries avant longtemps, car j'ai cessé mes confections pâtissières. C'est ainsi que lors de mon premier rendez-vous je rencontre Eimear. Elle se rend comme moi chez notre ami Patrick, qui tient une boulangerie sur Milltown Road. Je ne sais pas si j'ai vraiment envie de la revoir. Je me sens penaud à son encontre. Je l'ai, elle aussi, lâchement délaissée pour une femme que je pensais aimer au-delà de ce que l'on peut aimer. Elle me sourit, le visage toujours avenant et agréable à regarder. Je lui rends son sourire. Elle se rapproche de moi et dépose un petit baiser sur mes lèvres en s'exclamant :

– Bonne année !

Je me rends compte alors que revoir son visage familier me fait du bien.

– As-tu le temps pour un petit café ? me chuchote-t-elle, tandis que Patrick sert une autre cliente.

Je réfléchis avant de me dire qu'il n'y a rien de mal à accepter sa proposition. Après tout, ce n'est pas moi qui ai menti. C'est Della. Je balaie de ma tête son visage avant de répondre à Eimear qui, toujours d'une patience exemplaire et avec un large sourire, attend ma réponse.

– C'est d'accord. Laisse-moi juste deux minutes pour m'entretenir avec Patrick.

Eimear profite de mon échange avec ce dernier. Elle comprend alors qu'il se passe quelque chose.

– Tu ne pâtisses plus, mon chou ! s'étonne-t-elle, autant que Patrick.

– Non, j'ai décidé de faire une pause de ce côté-là.

– Bon, eh bien, si ce n'est qu'une pause et que de ce côté-là, c'est qu'il n'y a rien de grave ! rétorque-t-elle avec un petit rire de gorge qui me fait sourire un peu plus.

Après tout, c'est sûrement elle qui a raison. Je repars donc avec elle et nous nous rendons devant l'un des pubs qui ont pignon sur rue à Milltown. Mais alors que je m'apprête à lui ouvrir la porte, elle me retient le bras.

– Dis donc ! Tu ne préférerais pas que l'on aille chez moi ? me propose-t-elle à voix basse, avec un petit sourire mutin.

Mon cœur a beau crier *non*, ma tête a besoin de changement, de s'aérer, d'oublier. J'acquiesce et l'emmène en voiture jusqu'à son domicile. Aussitôt le pas de sa porte passé, elle se jette sur moi et je décide de me laisser faire, sans réfléchir. Notre relation est mécanique. Cela ne m'apporte aucun bienfait ni dans mon cœur, ni dans mon corps. Lorsque je sors de chez elle, je décide aussi de ne pas poursuivre ma tournée d'information. Mon cœur est trop blessé et le restera certainement longtemps, peut-être même pour toujours. Cependant, je ne peux continuer ainsi, je dois me ressaisir. J'ai une sœur qui est un amour, un ami qui est toujours là pour moi comme un frère et un gros matou que j'adore.

Oui, je dois me reprendre…

Chapitre 23

Della

Je suis inquiète. Cela fait plusieurs jours que Ryan ne répond à aucun de mes appels. Je n'ai jamais été aussi mal. Ce matin, je me décide enfin à me rendre à mon travail. J'ai beaucoup hésité à le faire : d'une part par crainte d'avoir la désagréable surprise de tomber sur Robert et de devoir régler de nouveau des comptes avec lui en public ; et d'autre part par peur de me retrouver face à mon père. Mais je n'ai pas l'intention de déposer les armes devant ce dernier. Je veux conserver ma place coûte que coûte, même si mon père n'est pas de cet avis. C'est alors qu'en traversant le plateau, je me sens à la limite de défaillir.

– Oh, Della ! Tu es déjà revenue d'Irlande ! s'exclame un collègue qui jusqu'alors ne m'avait jamais adressé la parole.

– Coucou, Della ! Tu viens boire un café avec nous ? Ou un thé, bien sûr ! me demande une autre collègue, dodelinant de la tête pour plaisanter avec moi, comme si nous étions les meilleures amies du monde.

Et cela continue tout le temps que je mets à traverser le plateau. Bien sûr, je ne réponds à aucune de leurs sollicitations ou exclamations. Je n'ai qu'une seule envie, c'est de voir si mon père se trouve dans son nouveau bureau. Je cherche Bruce, mais il semble ne pas se trouver ici. C'est alors que je suis fort surprise, car c'est Norma qui m'accueille presque à bras ouverts, dans l'ancien bureau de M. Nolan…

– Della ! Ma chère Della ! Comme je suis heureuse de vous revoir ! comme l'Irlande vous a mise en beauté !

Je me dis : « Tiens, elle me re-vouvoie maintenant, et elle est de nouveau fort cordiale ! »

Je ne lui réponds rien, si ce n'est un simple signe de la tête, sans prendre la peine de lui sourire. Elle me dégoûte à m'en donner l'envie de rendre mon petit-déjeuner, pourtant fort léger. Je compte lui demander où se trouve mon géniteur, mais elle me devance en me tendant une lettre scellée.

– C'est de la part de votre cher papa ! m'informe-t-elle, d'une voix qu'elle veut sans doute ampoulée.

Je ne lui trouve aucune classe. Je m'empare de la lettre, en la remerciant sans plus de cérémonie.

– Sir Lewis de Bourgh est un homme formidable ! Il m'a nommée temporairement à la tête de la société depuis que M. Nolan est parti, m'informe-t-elle avec beaucoup de prétention.

Je trouve ces informations burlesques. Mon père n'a que faire de cette société et je prédis qu'il va la dissoudre sous peu. Je n'ai plus rien à faire ici. Cependant, Norma poursuit sa tirade dont je n'en ai cure…

– Vous ne l'ouvrez pas ? finit-elle par beugler, curieuse, s'apercevant que je ne prête aucune attention à la correspondance de mon géniteur.

– Bien sûr que je vais l'ouvrir, mais pas devant vous ! réponds-je avec snobisme, en opérant un demi-tour sans plus de politesse.

D'un pas alerte, je commence ma traversée du plateau tandis que mes collègues, qui ne le sont déjà plus, continuent à me faire des grâces comme si nous étions tous une belle et grande famille. Norma, toute honte bue, s'écrie alors :

– Della ! Della ! On peut déjeuner ensemble si vous voulez ! Je peux m'occuper de la réservation ! continue-t-elle à brailler.

Elle n'a vraiment peur de rien, ni aucune pudeur à s'abaisser de la sorte, simplement parce qu'elle a découvert que je suis la fille d'un milliardaire. Elle me répugne !

Au-dehors, je respire enfin. Je marche une centaine de mètres avant de me décider à ouvrir le pli de papa pour prendre connaissance de son contenu. Je fais sauter le sceau en cire rouge et or – signes de noblesse de la famille des de Bourgh depuis plus de trois cents ans –, me disant que papa ne peut s'empêcher d'afficher son statut de *la haute* jusque dans cette lettre. Je prends connaissance des termes de celle-ci écrite à la plume d'oie, second signe de noblesse de mon cher père qui vit encore au siècle dernier. Je secoue négativement la tête, tant je reste choquée par les phrases qu'il a osé coucher sur le vélin.

« Della,

Il suffit, maintenant ! Tu t'es assez divertie, ma fille ! Il est temps que tu prennes tes responsabilités au sein des tiens. J'ai dû racheter ta société pour te faire entendre raison et tu es renvoyée, bien entendu ! Je ne cesserai d'agir ainsi que lorsque tu seras de retour dans ta famille. Rentre à la maison au plus tôt ! Ta sœur a besoin de toi et ta mère aussi ! Un grand mariage se prépare et il serait temps que tu en fasses partie, avant d'en faire tout autant ! Ne me fais plus honte avec tes petites affaires travaillistes et commence à grandir !

Sir Lewis de Bourgh

Post-scriptum : Avant de venir, débarrasse-toi de cet idiot de Robert Evans ! »

Les jours s'écoulent et se ressemblent atrocement pour moi. Noël est loin et janvier déjà bien entamé lorsque je décide de ne pas me rendre chez mes parents, mais plutôt en Irlande, revoir Ryan. Il me manque terriblement, et ne pas avoir de ses nouvelles me chagrine à m'en rendre malade. Je laisse donc une nouvelle fois Dory chez Carlita. Je me rends ensuite en taxi jusqu'à Heathrow pour prendre le vol que j'ai réservé au plus tôt dans la matinée. J'ai hâte d'arriver à Milltown pour lui faire la surprise. Cependant, je vais encore devoir patienter. Il y a du retard à l'embarquement. J'en profite pour débuter la lecture d'un livre que j'ai acheté dans un kiosque à l'aéroport. Il s'agit de *La Souplesse du chat*[1]. Je me dis que si je peux en apprendre un peu plus sur les félins, le chat-tigre de Ryan n'aura plus de secrets pour moi !

Quelques heures plus tard, j'atterris enfin à l'aéroport de Dublin. Je retrouve avec plaisir les lieux qui me sont familiers et qui ravivent quelques souvenirs, comme la prise de taxi avec O'Neill ou, non loin de là, les endroits où je me suis rendue avec Ciara faire des emplettes. Je réussis à prendre un taxi, seule cette fois-ci, ce qui me fait sourire…

Je vérifie bien évidemment que ma valise soit bien mise dans le coffre avant de m'installer à l'intérieur du véhicule. Je continue de sourire durant un long moment, pressée de retrouver les bras tendres de l'être qui occupe toutes mes pensées, depuis que je l'ai quitté. N'ayant toutefois pas l'adresse de Ryan, je me rends chez Ciara. Le chauffeur m'arrête à quelques pas de son petit cottage. Je le règle et le remercie, tandis qu'il sort ma valise de son coffre. Rassurée, je me dis que cette fois je ne vais pas me trouver sans culotte ni brosse à dents. Le chauffeur redémarre son véhicule électrique, dont les roues tranchent la

1. *La Souplesse du chat* est une comédie romantique de Kristen Rivers.

neige dans un silence étouffé. J'ai toujours l'impression que le moteur ne tourne pas sur ce type de véhicule. Mais je ne réfléchis plus vraiment à la question, d'autant que je n'ai même pas mon permis de conduire.

À quoi te servirait un permis de conduire, puisque tu as un chauffeur, ma fille ? s'était exclamée maman lorsque j'avais voulu m'émanciper sur ce point-là.

Chassant ce désagréable souvenir, je m'approche de la porte. Je monte les trois petites marches taillées dans de grosses et vieilles pierres grises, partiellement recouvertes de neige. Alors que je m'apprête à toquer à la porte, je distingue un mouvement vers la fenêtre. Malgré la neige et la buée qui s'y trouvent, je ne peux m'empêcher de jeter un œil avant de toquer à la porte. Je distingue la silhouette de Ryan, que je reconnaîtrais entre mille. Je souris avant de déchanter en voyant une femme se jeter dans ses bras. Il ne s'agit nullement de Ciara, j'en suis certaine. Ciara est beaucoup plus petite que cette femme. J'ai l'impression que je vais me désintégrer sur place tant j'ai mal partout. Puis, je me dis que ce n'est pas possible. Ce doit être une tante ou une… Je n'ai pas le temps de conjecturer plus avant.

Non.

Aucun homme n'embrasse sa tante ainsi.

Malgré la buée, je reste certaine de la scène qui s'impose à moi. Je les vois soudainement rire à gorge déployée. J'ai la sensation que mon corps se sépare en deux et que mon âme pourrait bien me quitter d'un instant à l'autre. Mon cœur rate de nombreux battements. Je recule, manquant de tomber à la renverse. Je me rattrape, je ne sais comment, à ma valise. Je me redresse avant de la tirer et de la traîner derrière moi. Cependant, la neige est épaisse. Ma valise me semble horriblement lourde tout à coup. Je la laisse sur place, tandis que je m'enfonce sur la colline. J'ai l'impression d'être soûle, d'avoir été shootée tant ma tête me tourne. Je croise des moutons à tête noire et je me demande s'ils sont bien réels. Ils bêlent et se dirigent vers moi. La peur que j'éprouve habituellement envers les animaux ne se déclenche pas en cet instant. Je crois que je n'ai plus d'âme pour ressentir la moindre émotion. Instinctivement, j'en caresse un. Je revois soudain la vieille Saoirse, qui m'avait présenté ses petits moutons. Je repense aussi à ce qu'elle m'avait dit avant que je ne la quitte. Qu'elle prierait les elfes pour me faire revenir ou rester, je ne sais plus trop. Même si elle a été exaucée, j'ai l'intention de repartir pour ne plus jamais revenir. Je passe devant de nombreuses maisons colorées. Devant l'une d'elles se trouve un vélo posé au sol, comme abandonné. Je ne sais pas à qui il appartient. Complètement hébétée, je le prends sans me rendre compte de mon forfait. Je l'enfourche et tombe plusieurs fois dans la neige. Ce n'est pas très étonnant, car c'est la première fois que je monte sur un vélo. Lasse au bout d'une dizaine de minutes, je finis par l'abandonner après trois mètres parcourus. Je ne sais plus trop où je me trouve, ni ce que j'ai fait de ma valise. Mais peu m'importe. Ce n'est pas la première que je perds… Je me saisis alors de mon téléphone pour me géolocaliser avant d'appeler un taxi. Une heure et demie plus tard, je me retrouve de nouveau à l'aéroport.

Tout l'endroit m'écœure et j'ai hâte de le fuir…

Chapitre 24

Ryan

Je n'ai couché qu'une fois avec Eimear depuis le départ de Della. Même si notre relation n'était que mécanique, j'ai avoué à Eimear que cela ne pourrait plus se reproduire. C'est toujours Della que j'ai dans la tête. Lors de notre rapport, des souvenirs avec Della ont émergé dans ma mémoire à m'en faire souffrir. Il m'était difficile de les chasser. C'était même horrible de supposer une seule seconde de le faire. Je ne le voulais pas. Je veux continuer à me souvenir de ses caresses, à entendre le rire qui s'échappait de sa gorge et que j'avais envie de happer chaque fois, à toucher son corps ferme et tendre qui me donnait du plaisir, à sentir à nouveau les effluves de son parfum sucré. Tout cela me manque cruellement.

Je ne pouvais plus avoir, comme avant, une relation avec Eimear, alors que mes pensées étaient toutes emplies du souvenir de Della. Je ne pouvais pas faire semblant. Je ne le peux plus. L'amour mécanique, ce n'est plus moi, même si je m'en suis contenté pendant de nombreuses années. Eimear mérite mieux qu'un homme qui pense à une autre femme quand il lui fait l'amour. Ce n'était pas bien pour Eimear, même si elle m'a toujours assuré : « Je ne veux pas que tu m'aimes, je veux juste que tu me donnes du plaisir... »

Je suis donc retourné voir Eimear le soir même de nos retrouvailles pour lui parler de vive voix. Elle ne méritait pas une sorte de rupture par téléphone. Après lui avoir expliqué ce que je ressentais, Eimear, beaucoup plus âgée que moi, m'a souri. Je suis resté à dîner chez elle, en tout bien tout honneur, et durant les quinze jours suivants, elle est devenue une relation platonique, me recevant tantôt chez elle, ou venant dîner chez moi ou chez ma sœur.

Je suis décidé à vivre avec l'image de Della. Tant pis si je finis ma vie seul. Je ne peux plus faire comme si tout allait bien. Je vais mal et rien ne pourra me guérir d'une telle maladie. Je reprends la pâtisserie, pour le plus grand bonheur de ma sœur. Elle mérite que je refasse surface. Je ne veux pas continuer de la voir en étant toujours de mauvaise humeur. Ni O'Neill d'ailleurs. Ils ont décidé de vivre enfin ensemble. Ce qui est la meilleure nouvelle que j'ai reçue depuis longtemps, même si je crains que mon ami ne survive pas à toute l'énergie que peut déployer ma sœur ! Mais ils s'aiment et lorsque l'on s'aime tout est plus facile.

Enfin, je crois...

* * *

Le mois de janvier est passé comme une pluie d'été et je me rends compte que je suis encore en vie. Je ne compte plus les fois où l'image de Della s'est imposée à moi. Elle est là, en permanence, et je me suis fait une raison de ne vivre qu'avec son souvenir.

– Bonjour, Ciara ! dis-je en pénétrant chez elle lorsqu'elle m'ouvre sa porte.

– Hum… que ça sent bon, mon frère ! s'exclame-t-elle, avant de m'embrasser pour me dire bonjour.

Ciara est la plus grosse gourmande que je connaisse. Même Della ne la battait pas à la dégustation. Ma sœur est une gloutonne qu'il vaut mieux avoir en photo qu'à table lorsqu'il s'agit de dessert. Pourtant, elle n'est pas ronde du tout, bien que je lui trouve des joues pleines que je ne lui connaissais pas. C'est d'être en couple et heureuse qui la rend ainsi. Enfin, je suppose. Moi, c'est l'inverse. J'ai perdu du poids, mais je n'en ai cure.

– Assieds-toi ! me lance-t-elle, tandis qu'O'Hara en profite pour s'étaler avant moi de tout son long sur le sofa.

Mais nous avons l'habitude de l'impolitesse de mon chat. Nous nous dirigeons donc tous les trois vers la table du salon et nous nous installons. Je dépose aussitôt mes pâtisseries du jour.

– Hum, des Cream scones ! s'exclame Ciara, en prenant l'un d'eux et en y mordant à pleines dents.

O'Neill observe Ciara engloutir le gâteau, puis me fixe sans un mot, malgré le petit sourire mutin qui trône sur son visage.

– Tout va bien ? demandé-je, sourcils levés avec étonnement, les regardant tour à tour.

– Oh que oui, mon frère ! me lance mon ami de toujours, s'emparant de la bouteille d'alcool qui se trouvait déjà sur la table.

Je remarque qu'il s'agit de la bouteille d'un bon vieux whisky que Ciara conserve depuis au moins quinze ans et qu'elle nous a toujours interdit de déboucher.

– Es-tu certain de vouloir ouvrir cette bouteille ? ajouté-je tandis qu'O'Neill acquiesce en hochant la tête.

– Ne t'inquiète pas, elle l'a conservée pour aujourd'hui, m'assure mon ami.

– Eh bien, que fêtons-nous avec un si bel alcool ? dis-je en voyant ce dernier remplir *mortellement* un premier verre.

Je me saisis de celui-ci pour le déposer devant ma sœur. Mais elle le repousse jusque devant moi.

– Tu ne bois pas ? lui demandé-je, tandis qu'elle sourit à s'en décrocher la mâchoire.

– Non, mon frère, prononce-t-elle en secouant la tête, tout en continuant à sourire.

Je comprends alors qu'un heureux événement est à venir.

– Eh bien, vous n'avez pas perdu de temps ! m'exclamé-je, en portant un toast à la santé de la future maman et de son futur bébé.

– Au fait, cela ne te dérangerait pas d'être le parrain ? me dit Ciara, en tenant la main d'O'Neill.

Les larmes me montent aux yeux et je pose les mains sur mon visage, tant je me sens ému. Ciara et O'Neill se lèvent pour me réconforter et je me lève à mon tour pour les étreindre.

– Attends, ce n'est pas tout ! ajoute Ciara tandis que je ne me suis pas encore remis de cette belle nouvelle. Vas-y, dis-lui, toi ! insiste-t-elle en regardant le futur père de son enfant.

– Eh bien, on se demandait si tu pouvais également accepter d'être notre témoin ! m'annonce O'Neill.

– Quoi ? Quand ?

Je ne sais que dire de plus à cette seconde annonce, si peu de temps après la première…

– Eh bien, on a prévu de se marier ce week-end !

– Ce week-end qui arrive ?

– Oui ! répondent-ils à l'unisson.

– Mais c'est dans deux jours ! m'exclamé-je.

– Un peu moins, puisque ce sera le matin. Et ne t'inquiète pas, on n'a pas prévu un truc de dingue, juste nos amis habituels et ce sera tout, me déclare O'Neill.

Ce qui ne me rassure pas du tout. Nous avons une ribambelle d'amis, et même si le mariage est sous peu, il y a de fortes chances que l'annonce de leur union s'ébruite au point que nous nous retrouvions à plus de deux cents personnes à la cérémonie, si ce n'est plus ! Toujours est-il que j'accepte avec une grande émotion d'être leur témoin.

– Vous avez déjà réservé un traiteur ?

Je vois alors O'Neill jeter un regard brillant à Ciara.

– Non ! Tu plaisantes, Ciara ! Tu ne vas pas cuisiner pour deux cents personnes !

– Tu ne m'en crois pas capable ? s'insurge-t-elle en riant.

– Je te crois surtout capable de tout ! rétorqué-je en éclatant de rire.

– Eh bien, toi, tu vas avoir le challenge de faire un gâteau de mariage pour deux cents personnes ! m'annonce Ciara, tandis qu'O'Neill l'enlace, heureux comme il ne l'a jamais été.

J'acquiesce à leur demande, tout aussi heureux qu'eux.

Je repars chez moi, persuadé qu'ils sont fous. Enfin, fous d'amour l'un pour l'autre. Et cela, je reste indéniablement convaincu que c'est l'essentiel dans une vie !

Chapitre 25

Della

Je me décide enfin à me rendre chez mes parents. Du taxi qui m'y emmène, je regarde le paysage défiler devant mes yeux, tandis que mon esprit est terriblement meurtri. J'ai perdu Ryan, sans qu'il m'ait laissé une seule chance de faire partie de sa vie. Je croyais vraiment qu'il était amoureux, même s'il ne me l'avait pas vraiment dit avec des mots. Mais ses gestes étaient plus que manifestes et éloquents, assez en tout cas pour revenir le voir, lui dire que je l'aimais et que je comptais venir vivre en Irlande. Quelle désillusion ! Il m'a rayée de sa vie comme ça, sans aucune explication !

Le chauffeur de taxi arrête son véhicule devant l'immense entrée de « Rosings Park ». Je n'ai plus le temps de me torturer l'esprit. Un gardien sort aussitôt de l'une des deux immenses loges flanquant les grilles géantes en fer forgé, qui ont vécu de nombreuses batailles par le passé.

Celui-ci demande promptement au chauffeur : « Qui va là ? »

J'ai l'impression d'être arrivée à Fort Knox[1]. C'est un nouveau gardien et, de fait, il ne peut me reconnaître. Je dois donc

1. Fort Knox est un camp militaire de l'United States Army construit en 1918 dans le Kentucky. Depuis 1937, le gouvernement fédéral américain y entrepose la réserve d'or des États-Unis.

attendre qu'il prévienne quelqu'un de ma famille pour me laisser entrer. Après de longues minutes, le chauffeur peut enfin redémarrer son véhicule pour traverser toute la cour du château et me déposer devant l'entrée principale. Je règle aussitôt sa course, tandis que George, notre vieux majordome, se trouve déjà là à m'attendre. M'accueillant chaleureusement, il m'ouvre la portière. Je le salue de même, car il a toujours été gentil avec moi. Puis, s'emparant de mes valises, il m'annonce que mes parents m'attendent dans le cabinet de papa. Je lui souris du bout des lèvres, car je ne sais à quelle sauce je vais être *déchiquetée*...

– Allez, courage ! me lâche-t-il en me suivant de près, tandis qu'un portier m'entrouvre la porte principale.

Je pénètre dans la demeure et l'odeur familière des meubles anciens et des tentures me rappelle mon enfance. Soit, rien de bien heureux...

– Della ! Ma fille enfin revenue des petites gens !

Rien que cette phrase me donne envie de fuir. Seulement, je n'ai pas été élevée ainsi.

– Bonjour, maman, réponds-je alors, en m'approchant d'elle.

Elle dépose aussitôt un baiser sur mon front, tellement furtif que je me demande si ses lèvres botoxées ont bien touché ma peau. J'aurais tellement voulu qu'elle me serre dans ses bras, ne serait-ce qu'une seule fois. Mais ce n'est pas le genre de maman. Si un jour, j'apprenais que j'ai été adoptée, cela ne me choquerait absolument pas. Elle est si superficielle à mon égard que je me suis toujours sentie insignifiante à ses yeux. Je suis tellement en manque d'affection que mon corps me fait souffrir. Toujours est-il que je ne dis rien de plus, ne quémandant nullement son amour inexistant envers moi. De toute façon, il n'y en a toujours eu que pour Bella et mes petits frères...

Papa est là aussi, fier derrière son bureau, un meuble vieux de plus de cinq siècles.

La pièce est immense et regorge de livres en tous genres. C'est l'une des bibliothèques les mieux fournies du royaume. Sans un mot, il me fait un bref signe de la tête, m'ordonnant ainsi de prendre place sur la chaise qui lui fait face. Maman se retire avec un petit sourire factice, tandis qu'un serviteur ferme la porte derrière elle. Le silence qui s'installe entre papa et moi est insupportable. C'est sa façon de faire depuis toujours. Il attend que je commence à parler pour mieux me couper la parole, faute de me couper la tête. Mais pour la première fois de ma vie, j'ai décidé de ne pas le satisfaire. Je reste donc silencieuse, ne le lâchant pas du regard. Je le fixe à m'en faire mal aux yeux. Pourtant, je résiste. Je n'ai déjà pas son amour, juste son mépris, je n'ai donc rien à perdre. Au bout de longues, très longues minutes, je n'ai toujours pas cillé des yeux. Il continue néanmoins de me regarder sans un mot. Je constate toutefois que les traits de son visage s'adoucissent quelque peu. Pour ma part, je ne lâche rien. Finalement, à mon grand étonnement, c'est lui qui ouvre la bouche le premier.

– Tu as bien changé, ma fille. Je me demandais quand tu serais enfin prête pour que l'on ait cet entretien. Je sais que je ne t'ai pas mené la vie facile. Mais tu dois comprendre que c'était pour que tu t'en sortes dans cette société de requins. Je suis heureux de te voir mener tes combats contre moi depuis toujours. Je constate qu'ils t'ont fait grandir…

Il s'interrompt, ne battant pas d'un cil. Mais je remarque chez lui un changement subreptice de posture qui m'étonne grandement. Mais il reprend :

– Le chemin de ta sœur est tout tracé depuis sa naissance, tandis que toi, tu dois te battre pour montrer ce que tu vaux.

Je ne sais pas véritablement où il veut en venir. Mais je tente de ne pas pleurer. Je ne lui ferai pas ce plaisir, tandis qu'il poursuit son monologue :

– Il faut que tu saches que tes fonds n'ont jamais vraiment été bloqués. Ce n'est qu'à tes vingt-cinq ans révolus que tu pouvais prétendre les obtenir en totalité, pour en faire ce que tu aurais voulu. Mais avant de te le signifier, je désirais savoir si tu étais capable de t'en sortir toute seule. Chose que tu as réussie avec brio. Je rêvais depuis fort longtemps de te le dire, mais tu n'étais pas encore prête à m'entendre. Aujourd'hui, je suis fier de la femme que tu es devenue, qui ne s'en laisse pas conter et s'assume entièrement seule. J'ai vu tes résultats chez Nolan. Tu es fort brillante, ma Della.

Je le regarde fixement, mes yeux se remplissant de larmes, que je retiens malgré tout. Je n'arrive pas à saisir ce qu'il veut sous-entendre. Je ne parviens pas à m'imaginer qu'il peut m'aimer au point de me dire qu'il est fier de moi. Mon cœur bat la chamade, j'ai l'impression de naître pour la seconde fois de ma vie. Il se lève et s'approche de moi. Je n'ai aucune idée de ce qui m'attend, mais je me dresse pour lui faire front.

– En tout cas, tu sembles ne plus avoir peur de moi, termine-t-il avec un petit sourire que je ne lui ai jamais vu.

À tout le moins, avec moi.

Puis il me tend une main que j'accepte avec hésitation.

– Je t'aime, ma fille, me lâche-t-il, me regardant droit dans les yeux, avant de me serrer dans ses bras.

– Papa ! réponds-je en explosant en pleurs tout en me lovant contre lui.

* * *

Je me trouve toujours à « Rosings Park ». Cependant, je m'y sens bien pour la première fois de ma vie. Enfin, aussi loin que ma mémoire puisse se replonger dans mon enfance. Peut-être suis-je une enfant ingrate qui a été heureuse un temps certain sans en garder le souvenir ? Maman est plus attentionnée et cela me perturbe grandement. Plus que l'attitude de papa. Mes petits frères n'ont pour leur part pas vraiment changé, mais ils sont moins piquants qu'ils ne l'étaient habituellement avec moi. Quant à Bella, je ne sais pas comment agir avec elle, car si elle n'est plus aussi cinglante à mon égard, elle reste tout de même distante. J'ai l'impression de découvrir ma famille pour la première fois.

Tout cela me fait me sentir mieux, mais mon cœur reste malheureux. Ryan occupe en moi chaque mouvement, chaque pensée, chaque parole.

Il me manque horriblement…

– Della ! m'interpelle ma sœur, ce qui me fait sortir de mes tristes pensées. Pourrais-je m'entretenir avec toi, s'il te plaît ?

J'acquiesce à sa demande qui, pour une fois, n'est pas une requête et qui est faite sur un ton plutôt courtois. Chose à laquelle je ne suis pas du tout habituée avec elle.

– Oui, bien sûr, Bella. Que puis-je pour toi ? demandé-je d'un ton toutefois empreint de méfiance.

– Rien. Je veux juste parler avec toi. Veux-tu bien que l'on s'installe dans mon boudoir ?

J'accepte de la suivre chez elle. Une fois à l'intérieur de celui-ci, je me rends compte que cette pièce est loin d'être celle que tant de fois j'avais imaginée. Je ne suis pratiquement jamais entrée dans cette aile du château. Je m'attendais à quelque chose d'ampoulé, de guindé, d'ancien et surtout de fortement chargé en meubles et autres objets luxueux. Pourtant, il n'en est rien. L'endroit est clair, joli, plaisant, et le recoin où nous nous installons est très cosy. Je suis étonnée de m'y sentir bien.

– Della, je sais que l'on ne se parle jamais, débute ma sœur, mais j'ai besoin de toi. Vraiment, vraiment besoin de toi.

Je ne sais pas où elle veut m'entraîner. Je sens en elle une grande détresse et remarque pour la toute première fois qu'elle n'est pas aussi forte qu'elle le montre en public ou en présence de nos parents. Son masque tombe et son regard s'embue. Je me sens prise au dépourvu et ne sais que faire. Elle ne m'a jamais prise dans ses bras, pourtant j'en ai rêvé longuement enfant lorsqu'il y avait des orages, ou que j'avais tout simplement peur de quelque chose. Soudain, j'ai l'impression de me voir en elle. Les rôles sont inversés, mais jamais au grand jamais je ne lui ferai subir ce qu'elle m'a fait subir. Je ne la rejetterai pas comme elle a pu le faire cent fois par le passé. Je serre ses mains dans les miennes, et je lui demande des précisions.

– Della, j'ai besoin… Oh, mon Dieu, comment te dire ça, alors que c'est moi l'aînée ! C'est toi qui devrais avoir besoin de moi ! lâche-t-elle avec une honte qu'elle souffre à me cacher.

Seulement, je n'ai pas le temps de l'interroger plus en avant, car elle poursuit déjà :

– Je n'ai jamais été avec un homme !

Je suis tellement méfiante envers elle que je ne saisis pas vraiment les termes de sa phrase. J'en déduis même que c'est plutôt bien pour elle que le seul homme qu'elle connaisse soit celui avec lequel elle va s'unir par amour prochainement. Mais à son regard, je comprends que je me fourvoie totalement. Il ne s'agit pas de cela.

– Que veux-tu dire ? Que tu n'as jamais eu de rapports intimes avec le comte de Saint Mary's Bay, c'est bien ça ? demandé-je, très gênée d'avoir une telle discussion avec mon *étrangère* de sœur.

– Je n'ai jamais eu de rapports intimes avec aucun homme ! avoue-t-elle tout de go, un sanglot dans la gorge.

– Tu plaisantes, Bella ! Tu as trente-trois ans ! Nous ne sommes plus aux siècles derniers où les femmes se mariaient vierges comme des nonnes ! m'exclamé-je, choquée.

– Je le sais bien. Nos parents attendent tellement de moi ! Alors je n'ai jamais voulu faire de faux pas ! Et maintenant, je vais me retrouver au lit avec un homme dont je ne sais rien ! Il me fait peur !

– Tu veux dire que tu vas épouser un homme que tu n'aimes pas ?

– Il a trente-sept ans et en paraît soixante-dix ! lâche-t-elle en se jetant dans mes bras.

Je ne sais que faire, sinon la serrer contre moi. J'ai l'impression que ma famille est constituée de faux-semblants.

– Bella ! Il faut que tu en parles à papa ! dis-je en me détachant d'elle, pour la convaincre du regard.

– Tu es folle ! Comment veux-tu que j'aborde ce sujet avec lui ?

– Avec maman, alors ?

– Maman ? Elle me jetterait dans le feu si elle l'apprenait ! C'est elle qui a tout organisé ! Et la presse était déjà au courant avant même que je n'en aie le moindre soupçon, tu imagines !

Dépitées et sans armes pour nous battre ensemble, nous cherchons la façon d'aborder le sujet avec maman pour lui faire entendre raison. De toute évidence, nous avons aussi peur l'une que l'autre. Annoncer à notre mère, qui ne vit que pour ces instants et sous les feux des projecteurs, que sa fille aînée va refuser d'épouser un homme parce qu'elle ne l'aime pas, risque de lui causer une crise de nerfs ! Mais soit ! J'ai décidé d'aider Bella et j'irai jusqu'au bout. Enfin, pour l'instant, je n'ai pas encore trouvé le moyen de la sauver de ce mariage arrangé. Malgré cela, je constate que j'ai encore un peu plus de dix jours pour y arriver, avant le 14 février ! Enfin, si tant est que maman nous prête une oreille attentive. Alors que mon esprit est en pleine cogitation, ma sœur me surprend une seconde fois en s'adressant à moi d'une voix soudainement plus sereine, voire sur le ton de la confidence :

– Merci, Della. Je savais que je pouvais compter sur toi. Je sais que je n'ai pas été véritablement la sœur que tu espérais, mais sache que je le regrette depuis fort longtemps, et plus encore depuis que tu es revenue à la maison.

Je reste sans mot dire, essayant de comprendre ce qu'elle entend par là. Mon visage doit refléter ma perplexité, car elle poursuit, épanchant presque son cœur :

– Déjà toute petite, maman m'avait persuadée que je devais lui ressembler si je voulais être appréciée dans la société. Papa, du jour au lendemain, m'a interdit d'être tendre avec toi si je voulais un jour prendre la tête de son entreprise. Je m'en veux d'avoir préféré m'élever dans son empire plutôt que de t'avoir choisie. Si tu savais comme cela m'a été difficile de n'être plus dans la même chambre que toi, d'avoir à te traiter comme une étrangère. J'avais tellement envie de continuer de jouer avec toi comme quand nous étions petites !

– De jouer avec moi ?

– Je sais que je me suis montrée odieuse avec toi, mais tu ne peux avoir oublié toutes ces heures matinales où, pendant que nos parents dormaient encore, nous jouions ensemble !

– Bella, je n'ai aucune idée de ce dont tu me parles !

– Della, tu ne peux pas avoir oublié nos petits jeux dans la bibliothèque !

De plus en plus surprise, je continue de faire non de la tête.

– Et toutes ces pièces de théâtre que nous jouions ? Et les danses que nous faisions dans la salle de bal ? La berceuse que je te chantais ? poursuit-elle, tandis que je continue de remuer la tête en signe de négation.

Soudain, je n'entends plus les paroles de Bella. Je me sens plonger dans un passé que je ne connais pas. Des images explosent devant mes yeux, des morceaux de musiques s'élèvent dans ma tête. Je revois ma sœur prendre la pose, un livre à la main, tandis que je ris aux éclats. Je me souviens d'avoir pris la pose avec elle, car nous nous prenions pour des mannequins de haute couture. J'ai l'impression que ce n'est pas moi. C'est impossible ! Comment ai-je pu oublier ces années heureuses ? J'ai été aimée par ma sœur et je sens qu'elle m'aime toujours. C'est une drôle de sensation, impalpable, inimaginable. J'ai envie de pleurer, tandis que les souvenirs me submergent. Je regarde alors ma sœur, les yeux remplis de larmes.

– Je me souviens, Bella, je me souviens…

Elle me prend dans ses bras et chantonne une chanson dont les paroles me reviennent instantanément. J'articule avec difficultés celles-ci, accompagnant ma sœur qui me caresse la tête avec tendresse. Mon cœur se gonfle d'une joie incommensurable et malgré la douleur d'avoir perdu Ryan, je suis heureuse d'avoir retrouvé ma sœur…

Chapitre 26

Ryan

Je pâtisse depuis de nombreuses heures en vue de confectionner le plus beau gâteau que j'aie jamais réalisé. Je n'ai aucune idée du nombre de personnes attendues. Ça, c'est bien l'Irlande ! On se croit dix et nous sommes vingt ! Enfin, là, il me semble qu'un zéro de plus à ce nombre serait bien plus parlant. Cependant, pour Ciara, je ferais n'importe quoi. L'avantage de pâtisser en ce début de février, c'est qu'il fait toujours froid dehors. De fait, je me sens plutôt bien en cuisine, malgré mes fourneaux allumés.

Je viens de terminer une crème au beurre avec une pointe de Baileys, destinée à couvrir le premier étage du gâteau, qui en comportera cinq. Puis j'ai prévu de nombreux petits gâteaux de même composition, qui garniront le premier étage et s'étendront sur les niveaux supérieurs. J'ai décidé de fixer chacun d'eux sur une pique, toutes de longueur différente, afin de donner du relief et ainsi créer un effet de feux d'artifice en pleine explosion. Il y en aura un peu plus d'une cinquantaine, car le gâteau est déjà pour plus de cent cinquante personnes. Un exploit pour moi, qui n'ai jamais dépassé les soixante-dix personnes. Sur le haut du dernier étage trônera un couple qui ressemblera de près à Ciara et O'Neill. Puis chaque étage et chaque petit gâteau se verront marqués du signe de l'amour écrit en rune. J'espère que non seulement cela leur portera chance et tout le bonheur qu'ils méritent, mais également que Ciara y verra la fierté et le respect que j'ai pour ses créations.

Après de nombreuses heures passées en cuisine, il ne me reste plus qu'à glacer quelques fleurs de sucre que j'ai créées. Alors que je suis en train de préparer dans un immense saladier les ingrédients nécessaires, je pense soudain à Della. Je me demande ce qu'elle fait en ce moment. Elle doit sûrement être en train de s'occuper des préparatifs de son mariage ou peut-être est-elle déjà mariée. J'aimerais la chasser de mon esprit. Malgré tous mes efforts, je n'y arrive toujours pas.

Mon téléphone sonne soudain et O'Hara, qui ne se trouve pas bien loin du glaçage que je surveille attentivement d'un œil, se met à faire un bruit de tondeuse à gazon. Cette particularité qu'il a de ronronner sur la musique d'*Autant en emporte le vent* me fera toujours sourire.

– Allô, Ciara ?

– Non, c'est O'Neill ! J'appelle avec le téléphone de ta sœur, car le mien m'a lâché ce matin.

– Tout va bien ? demandé-je inquiet.

– Oui, oui, ne t'inquiète pas ! C'est plutôt moi qui m'inquiète pour toi. Tu t'en sors ? me demande-t-il d'une voix soucieuse.

– Oui, tout va pour le mieux ! rétorqué-je avec un sourire, car je suis vraiment satisfait du travail que j'ai accompli tout seul dans ma cuisine. Et ma sœur ? Elle s'en sort ? demandé-je.

– Ta sœur est une cheffe ! Si un jour elle ouvre un restaurant, elle gagnera des étoiles les unes après les autres ! me dit O'Neill, une fierté dans la voix.

– Pour ce qui est des étoiles, je crois que tu lui en as déjà accroché des milliers dans les yeux ! dis-je d'une voix heureuse.

Je sens qu'à mes paroles, mon ami de toujours, celui qui va devenir mon beau-frère devant la loi, a la gorge serrée. J'en suis fort heureux en raccrochant. C'est alors que je me retourne vers mon saladier avant de m'écrier :

– Non ! O'Hara !

Le coquin s'apprêtait à mettre une patte dans le sucre. Mais surpris, il détale de ma table, faisant tomber au passage sur le sol ledit saladier, qui se déverse à grand fracas. Je devrais être en colère pour toutes ces bêtises qu'il me fait, mais je n'y arrive jamais. C'est un gros matou, pataud, et avec tout ce que je pâtisse dans ma cuisine, je crois bien qu'il est aussi gourmand que Ciara.

Je termine fort tard de pâtisser dans la soirée. Je mets toutes mes créations au frais – et surtout à l'abri des pattes de mon chat ! – en les installant dans l'énorme frigo que je me suis offert à cet effet. Puis je me douche et me couche, des images de Della plein la tête. Je crois bien que je suis voué à ne vivre avec elle qu'en esprit…

* * *

La cérémonie va débuter et je suis heureux, même si mon cœur souffre toujours. Malgré cela, je ne souhaite montrer aucune tristesse aujourd'hui. Ciara est belle comme le jour et O'Neill s'est mis sur son trente et un. Je crois que c'est la première fois de ma vie que je le vois vêtu d'un costume. Il est très élégant et plusieurs femmes de l'assemblée le remarquent également. Mais il n'a d'yeux que pour Ciara.

Après l'échange des vœux, c'est mon chat, mon O'Hara, qui est chargé d'apporter les alliances aux amoureux. Eimear veille à ce qu'il ne prenne pas la poudre d'escampette avant de l'avoir fait. Je suis heureux que nous restions tous deux de bons amis. Après avoir rompu, en quelque sorte, je l'ai invitée chez Ciara, car je voulais lui montrer que je ne souhaitais pas couper les ponts avec elle, sous prétexte que nous avions décidé de ne plus avoir cette relation qui nous liait d'une certaine manière. Après un échange fort drôle chez ma sœur, Eimear m'a surpris avec un baiser et je crois bien qu'elle s'est surprise elle-même. Nous avons aussitôt éclaté de rire et, depuis, ce genre de scène ne s'est plus jamais reproduit. On se voit, on se fait la bise, on rit ensemble et je suis sûr que je la ferai même danser ce soir. Mais c'est tout. Elle a compris que je souffrais trop de notre type de relation, qui se mêlait dans ma tête avec celle que j'avais vécue avec Della. D'ailleurs, elle ne comprend pas pourquoi je ne me suis pas battu davantage pour la récupérer. Je lui ai alors avoué que je n'avais pas l'habitude de courir après une femme si celle-ci ne le souhaitait pas. Si Della m'avait réellement aimé, elle aurait envoyé promener l'homme qui s'est agenouillé à ses pieds et serait déjà revenue me voir. Seulement, ce n'est pas le cas, alors je fais avec…

De nombreux amis ont mis la main à la pâte pour aider à la décoration de l'église, à l'installation des chaises, au dressage des tables, et à tout ce qu'il faut pour un beau mariage, dans la grande salle qui appartient à Patrick, notre boulanger, qu'il loue pour de beaux événements. Mais pour Ciara et O'Neill, il leur en a fait cadeau pour toute une soirée. Un autre de nos amis, un DJ professionnel, a installé une sono et semble prêt à faire tourner ses platines. Ce mariage s'annonce donc sous de bons augures et présente tous les atouts pour continuer à être heureux.

– Oh, Ryan ! s'exclame Ciara en apercevant son gâteau de mariage. Il est… magnifique ! dit-elle en me chuchotant à l'oreille : Papa et maman seraient très fiers de toi, mon frère. *Is breá liom tú le grá*[1], lâche-t-elle, les yeux brillants.

J'avale ma salive, et ses mots aimants me font monter les larmes aux yeux.

– Papa et maman seraient également très fiers de voir la femme que tu es devenue, ma chère sœur. *Tá mé i ngrá leat freisin*[2], dis-je en l'embrassant tendrement.

– *Tá mé cinnte go bhfuil do thuismitheoirí ann, mar atá mo mháthair*[3], ajoute O'Neill, les yeux aussi brillants de larmes retenues que nous deux.

Nous nous étreignons tous les trois, comme nous le faisons depuis de nombreuses années. Je suis heureux que mon gâteau leur ait fait plaisir. Je le trouve très beau, certes ! Mais de nombreux amis sont également surpris par son côté spectaculaire. Je ne m'attendais pas à de telles remarques de leur part, cela me chavire le cœur. Il y en a même qui s'amusent à en publier des photos sur les réseaux sociaux, dont notre ami DJ qui a une ribambelle de *followers*.

Deux heures plus tard, j'apprends que l'un des clichés publiés par ce dernier a plus de soixante-dix mille likes. Je ne suis pas certain de savoir ce que cela veut dire, puisque je ne suis pas sur les réseaux sociaux. Cependant, à en croire Eimear, il semblerait que ce soit un exploit et que l'on risque d'en entendre parler sur le Net…

---

1. En irlandais dans le texte : « Je t'aime d'amour. »
2. En irlandais dans le texte : « Moi aussi je t'aime d'amour. »
3. En irlandais dans le texte : « Je suis certain que vos parents sont là, tout comme ma mère. »

Chapitre 27

Della

Je n'aurais jamais cru, de premier abord, que tous les membres de ma famille se montreraient aussi agréables. Encore une fois, le déjeuner fut plus que plaisant, bien plus que le tout premier pris depuis mon retour à « Rosings Park ». Je me suis régalée avec le repas. Je n'ai toutefois pu m'empêcher de penser à Ciara et à sa délicieuse cuisine. Mes parents apprécieraient certainement de goûter à celle-ci, si tant est qu'ils croient Ciara étoilée. Je souris à cette pensée qui me ramène en Irlande, là où j'ai laissé mon cœur. Après le repas, je décide de passer un coup de fil à Carlita pour lui donner de mes nouvelles autrement que par SMS. Il faut dire qu'elle a été très occupée dernièrement avec tous ses flirts…

– Allô, ma voisine préférée ?

– Allô, ma belle !

– Enfin, tu es disponible pour moi ! dis-je avec un rire dans la gorge.

– Et toi ? Tu es encore en vie ? m'interroge-t-elle en riant très fort.

Ce qui me fait sourire largement. Je la trouve toujours aussi drôle.

– Oui, et j'ai tellement de choses à te raconter que tu ne vas jamais me croire ! m'exclamé-je.

Je lui raconte mes retrouvailles avec mon père. Elle est si heureuse pour moi que je poursuis en lui parlant de ma sœur. Je lui conte alors les soucis qu'elle rencontre pour son mariage.

– T'es sérieuse ? Elle est encore vierge ! Ce n'est pas croyable ! rétorque-t-elle, extrêmement surprise.

– Oui, et ce n'est pas tout ! Elle ne veut pas épouser le comte de Saint Mary's Bay !

– Le comte de Saint Mary's Bay est son futur mari ? répète-t-elle, étonnée.

– Oui, c'est ce que je viens de te dire !

– Mais elle est folle ou quoi ! Dorian Valentin est un beau gosse et de nombreuses femmes tueraient pour l'épouser, moi la première ! m'informe-t-elle avec sérieux.

Je n'ose imaginer qu'il s'agisse du même comte. Pourtant, Carlita est toujours au courant des derniers potins. Je me demande alors si Bella n'a pas fait erreur sur la personne. Je décide de ne pas m'étendre davantage sur le sujet avec ma voisine, et elle en profite pour me questionner sur Ryan, au cas où j'aurais eu de ses nouvelles. Je lui réponds que non. Elle m'informe que ma Dory m'envoie plein de *bubulles* et que Rocky me fait quelques léchouilles virtuelles. Et nous raccrochons en nous embrassant à distance.

Je dois m'entretenir de toute urgence avec ma sœur. Si Carlita avait raison, nous n'aurions peut-être pas besoin d'ouvrir les hostilités avec maman. Je retrouve donc ma sœur dans le grand salon d'hiver et lui fais signe discrètement de me suivre dans mes appartements. Personne ne nous remarque, car papa retourne aussitôt dans son bureau et maman à son rendez-vous avec son coiffeur, qui se trouve déjà dans l'une des pièces où elle reçoit ses stylistes et tous ses autres rendez-vous ;

son boudoir n'étant réservé qu'à ses amies intimes. Quant à mes deux frères, qui ont reçu quelques jouets high-tech de la part d'une nouvelle société à la recherche de financements, ils sont partis les essayer dans leur salle de jeux.

– Dis-moi, ma sœur, demandé-je en me rendant compte que c'est la première fois que je l'appelle ainsi. Est-ce que tu as déjà rencontré en vrai le comte de Saint Mary's Bay ?

– Non ! Je ne l'ai encore jamais vu en personne, me rétorque-t-elle, la gorge serrée. Cependant, j'ai trouvé une photo dans les dossiers de maman et, crois-moi, cela était déjà suffisant pour me terroriser !

– Dans les dossiers de maman ? répété-je, surprise de l'information.

– Oui, maman a des dossiers sur tous les gens qui l'entourent !

Je me demande aussitôt si elle a un dossier sur moi, avant de chasser cette stupide pensée.

– As-tu cette photo quelque part ?

– Non ! Je l'ai remise dans le boudoir de maman !

Ne voulant pas donner de faux espoirs à ma sœur, ni lui faire savoir que j'ai échangé à son propos avec ma chère voisine, je décide d'aller dans le boudoir de maman pour que Bella se rendre compte de son erreur, en espérant que ce ne soit pas moi qui me trompe ! Ma sœur sur mes talons, nous marchons à pas feutrés sur le parquet ancien. Une chance que la rénovation de celui-ci soit de bonne qualité. Aucun grincement ne se fait entendre lorsque nous pénétrons dans le lieu de notre futur forfait…

Après quelques fouilles, nous tombons sur le dossier en question. Il est vrai que la première photo qui apparaît à nos yeux est terrifiante.

– C'est lui ! s'écrie Bella, un sanglot dans la gorge, à la vue d'un vieux cliché sur lequel est inscrit « Dorian Valentin, 1er comte de Saint Mary's Bay ».

– Si cet homme a quarante ans, moi, je suis la reine d'Angleterre ! murmuré-je à ma sœur.

– Il est affreux et je ne veux pas l'épouser ! chuchote-t-elle fermement.

– Moi non plus je ne voudrais pas l'épouser, c'est clair… En revanche, poursuis-je en fouillant plus en avant dans le dossier de maman, son arrière-arrière-arrière-petit-fils, oui ! m'exclamé-je, la main sur la bouche comme le ferait une petite fille.

Le regard de Bella se métamorphose.

– Tu es certaine que c'est lui et pas l'autre vieux machin-chose ? me demande-t-elle en s'appropriant la photo et en l'observant sous différents angles.

Je ris de la voir faire.

– Oui, je suis certaine ! Regarde ! ajouté-je en retournant la photo où se trouve l'inscription que j'ai remarquée avant ma sœur : « Dorian Valentin, arrière-arrière-arrière-petit-fils de Dorian Valentin, 1er comte de Saint Mary's Bay ».

– C'est vrai qu'il est plutôt mignon, déclare Bella, qui ne semble plus du tout contrariée de devoir l'épouser.

– Non, mais sérieusement ! N'as-tu pas Internet ? demandé-je, en me disant qu'il aurait été plus simple de commencer par là.

– Si, bien sûr que si ! Mais j'ai tellement été terrorisée par cette photo que je ne voulais rien apprendre d'autre sur lui ! s'exclame Bella, comme une petite fille de cinq ans qui n'a pas encore atteint l'âge de raison.

Devant mon regard stupéfait, elle ajoute vivement :

– Et j'ai été très occupée avec la société de papa ! J'ai deux nouvelles fusions qui me sont tombées dessus, sans qu'elles aient été prévues dans mon agenda, se défend-elle.

À en croire sa façon de raisonner, je conçois que sa vie ne doit pas être rose tous les jours. Mais je ne souhaite pas non plus me fâcher avec elle, d'autant qu'elle semble avoir retrouvé sa joie. Nous entendons soudain une porte qui claque au loin. Je range le dossier à sa place, tandis que ma sœur s'empare de la photo de son futur époux.

– C'est pour être sûre ! lâche-t-elle avec un large sourire.

Fortes de notre petite excursion, nous repartons en courant dans le boudoir de Bella, un fou rire nous saisissant toutes deux. À peine refermé-je la porte derrière nous que Bella me prend les mains.

– Je t'aime, ma sœur ! s'exclame-t-elle en me serrant fort dans ses bras.

La joie m'étreint le cœur.

J'ai alors le sentiment que les membres de ma famille ne sont pas ce qu'ils m'ont laissée entrevoir durant de longues années. On ne rattrapera jamais toutes ces années perdues, mais le présent me paraît prometteur.

⋆ ⋆ ⋆

Avec ma sœur, nous passons encore toute une journée ensemble à discuter et à nous découvrir, même si j'ai encore la subreptice impression d'avoir affaire à une étrangère. Non pas parce qu'elle est désagréable, mais parce que l'on ne se connaît pas vraiment.

– Dis-moi, Della. As-tu déjà été amoureuse ? me demande ma sœur au débotté, me surprenant totalement avec sa question.

Je la fixe du regard, ne sachant comment lui répondre que je le suis toujours. Devant mon silence, elle patiente, avec un sourire aimable. N'ayant pas pour habitude de mentir, je me décide à lui avouer :

– Oui, j'aime un homme.

– Oh, c'est merveilleux ! lâche-t-elle, visiblement heureuse pour moi.

– Cependant, il ne m'aime pas, ajouté-je promptement.

Ce qui lui fait perdre aussitôt son sourire.

– Que tiens-tu dans ta main ? me demande-t-elle, car en lui répondant je me suis emparée du pendentif que Ryan m'avait offert lorsque je pensais partir la toute première fois.

Il est toujours pendu à mon cou et je n'ai jamais pu m'en séparer…

– C'est un talisman qui veut dire « Amour ».

– Oh, c'est magnifique dit-elle à la vue du petit galet gravé d'une rune dorée.

– C'est lui qui me l'a offert, poursuis-je, car j'ai soudain envie de parler de Ryan à ma sœur.

Je débute quelques explications, puis je me sens tellement bien à parler ainsi de Ryan que je continue mon monologue. Ma sœur boit chacune de mes paroles, tantôt éclatant de rire lorsque je lui parle du chocolat déversé sur le pull tricoté avec trois-cents-pelotes-de-laine-de-mouton, tantôt souriant lorsque je lui parle de ma bataille de neige, tantôt pleurant avec moi quand j'explose en pleurs, alors que je prends de nouveau l'ampleur de ma perte. Je lui raconte tout, mais elle reste dubitative.

– Es-tu certaine qu'il était bien avec une autre femme ? Tu aurais pu te tromper. Tu m'as dit toi-même qu'il y avait de la neige un peu partout et de la buée sur les fenêtres !

J'aimerais croire ma sœur. Pourtant, plus j'affirme que cela est impossible, plus ma sœur s'efforce de me convaincre qu'il se pourrait que je me sois totalement fourvoyée. Tout en continuant avec elle, je me rends compte que je ne suis plus tout à fait certaine de ce que j'ai vu au travers de cette fenêtre…

– Et que fait-il dans la vie ?

– Il est pâtissier à son compte. Enfin, il travaille chez lui et livre ses créations un peu partout dans le pays. Il donne même des cours de pâtisserie à qui le souhaite !

Je ressens une certaine fierté en détaillant son métier à ma sœur.

– Et comment s'appelle-t-il ?

– Ryan Flanagan, réponds-je avec un petit sourire.

Ce nom m'est plaisant, assez pour me convaincre que j'aurais pu le porter un jour, si nous avions fini par être un couple. Ce que nous ne serons jamais. Je continue d'épiloguer sur lui avant que notre majordome ne vienne nous proposer une collation. C'est alors que je remarque qu'il est déjà cinq heures de l'après-midi et que le temps s'est écoulé fort rapidement.

Lorsque je me couche le soir, j'ai toujours en tête le doute que Bella a insinué dans mon esprit : se pourrait-il que je me sois trompée sur ce que j'ai vu au travers de la fenêtre de chez Ciara ? Malgré cette pensée, je sens que je n'ai pas le courage de tenter une seconde approche en retournant voir Ryan.

Si jamais je ne m'étais pas trompée, j'en mourrais !

Chapitre 28

Della

Je viens de passer de nombreux jours auprès de ma famille et je me rends compte pour la première fois que je n'ai plus envie de la fuir.

Quelque chose a changé.

Peut-être est-ce moi ?

Mais je suis heureuse d'être là en ce 14 février pour ma sœur. Je vais tenir l'immense traîne qui fait partie de sa magnifique robe de mariée. Elle a hâte d'épouser Dorian Valentin, que nous avons rencontré cinq jours plus tôt. C'est un homme charmant, plein d'attentions pour ma sœur et d'une politesse agréable. Bella me faisait des signes à chacun de ses propos, buvant ses paroles, une joie immense se lisant dans son beau regard bleu, qu'elle a hérité de maman. Je n'ai pu m'empêcher de les observer discrètement lorsque Dorian a pris congé d'elle. Cachée dans un recoin du château, j'ai vu Dorian donner un tendre baiser à Bella avant de lui embrasser les mains et je l'ai entendu lui dire que les quelques jours qui le séparaient de leur union lui sembleraient une éternité. J'ai trouvé très romantique sa façon de faire et je sais que ma sœur sera heureuse avec lui.

J'ai eu l'impression de vivre un instant heureux dans mon cœur et cela m'a fait du bien.

La cérémonie s'est déroulée en l'abbaye Saint Mary the Virgin, située à Saint Mary's Bay, et la réception au « Manoir des Jardins des Secrets », futur lieu de résidence de ma sœur. L'endroit est immense et fort plaisant et n'a rien à envier à « Rosings Park ». Bien au contraire, une vue sur la Manche donne envie de s'y promener. Ce que je décide de faire après le vin d'honneur, qui s'éternise tant il y a un monde fou à ce mariage. Seule, je marche tranquillement sur la plage, réchauffée par les rayons du soleil de midi. Il ne fait pas assez chaud pour une baignade, mais je décide de tremper mes pieds dans l'eau froide. Lentement, d'un pas léger, je zigzague du sable tiède à l'eau glacée. Je m'arrête soudain en entendant mon prénom comme soupiré dans les airs. Je me retourne vers ce souffle, tandis que le soleil frappe mes rétines, m'éblouissant totalement. Je plisse les yeux et, au bout de deux ou trois secondes, je finis par distinguer la silhouette d'une personne encore trop loin de moi pour que je reconnaisse ses traits. Je présume qu'il doit s'agir d'un domestique venu me chercher pour m'annoncer que le repas va être servi. Pourtant, plus la personne se rapproche, plus mon cœur rate des battements.

Ce n'est pas un domestique.

C'est Ryan…

Il s'arrête à quelques mètres de moi. Je suis paralysée sur place. Non de peur, mais d'émotions qui me traversent dans mille directions. Ryan me sourit sans un mot. Dans un silence religieux, il s'approche de moi d'un pas. Puis d'un autre. Je ne sais si c'est un coup des elfes, du soleil de midi, de la coupe de champagne que j'ai bu avant de sortir ou bien le fait d'avoir trempé mes pieds dans l'eau glacée qui m'aurait donné une telle hallucination. Je me demande même si je ne suis pas morte, tant je ressens une drôle de sensation de picotements dans tout mon corps. Instinctivement, mes mains s'emparent de mon pendentif qui ne fait qu'un avec moi.

– Suis-je morte ? m'entends-je dire sans m'en rendre compte.

Pour toute réponse, la silhouette de Ryan se rapproche encore d'un pas.

– C'est ça, je suis morte, alors ? insisté-je, consciente de ma demande.

– Tu l'étais et moi aussi, rétorque Ryan avant de m'enlacer tendrement.

Je ne cherche pas à lui répondre. Je veux à tout prix être sauvée par lui. Mon esprit se déconnecte de mon corps lorsque ses lèvres s'écrasent sur les miennes. Je me laisse emporter par une béatitude que je n'ai connue qu'entre ses bras et que je retrouve aussitôt. Je reste ainsi, heureuse, comblée, et il me semble que Ryan s'agrippe à moi comme s'il avait besoin, lui aussi, d'être sauvé. Nous restons ainsi, je ne sais combien de temps. L'urgence de nous retrouver nous assaille. Malgré cette forte envie, nous sommes conscients de ne pas être au bon endroit pour nous unir de nouveau. Nous finissons par nous détacher l'un de l'autre pour rechercher un lieu plus intime. L'heure est aux retrouvailles et non aux explications. Nous aurons bien le temps de nous parler plus tard…

Nous repartons main dans la main, nous observant sans un mot. Seuls nos sourires se font face et nos regards se rivent l'un à l'autre, puis se projettent droit devant nous. J'aperçois soudain ma sœur, qui me fait un signe en forme de cœur. Puis, avec un sourire qui illumine son magnifique visage, elle reprend la main de son époux resté à ses côtés, un sourire également aux lèvres, avant que tous deux ne se dirige vers le manoir. Inutile de demander à Ryan ce qu'il fait ici, car je comprends que ma sœur a joué le rôle de trait d'union entre nous deux.

Chapitre 29

Ryan

Nos doigts s'entrelacent et se délacent, tandis que nous marchons vers le manoir. Della ne m'a posé aucune question, mais je sens qu'elle attend une explication à ma présence ici, après avoir aperçu sa sœur.

– Della, prononcé-je avec bonheur, car je pensais ne plus jamais pouvoir prononcer son nom.

Elle s'arrête et se tourne vers mon visage, empreint d'un large sourire tant je suis heureux. Je le suis d'autant plus que le sien respire le bonheur que je lui ai connu lorsque nous passions du temps ensemble. J'ai envie de me fondre en elle, j'ai envie de la faire monter jusqu'aux étoiles, comme elle me l'avait crié lors de notre première nuit ensemble. Mais je dois me faire violence et être patient.

– Della, il me faut tout te dire, pour que nous puissions avancer ensemble.

Elle acquiesce, le regard soudain anxieux. Je lui raconte alors mon erreur lorsqu'il m'a pris la folie de prendre un billet pour la rejoindre dans l'avion. Je lui avoue que j'ai cru qu'elle avait un autre homme dans sa vie et qu'elle allait l'épouser. Plus je parlais, plus elle appuyait sa main sur sa bouche, comme pour retenir un cri de douleur dont elle finirait par se débarrasser, j'en suis certain. Cependant, il me fallait aller jusqu'au bout. Je lui parle alors d'Eimear, de cette vie que j'avais avant de la rencontrer. De cette vie d'après, quand je croyais l'avoir perdue. Elle comprend chaque mot que je lui dis et ça me fait un bien fou de les lui révéler. Entre deux phrases, je dépose un long baiser chaste sur ses lèvres, puis je poursuis :

– Ciara a épousé O'Neill ! déclaré-je en montrant le costume que je porte actuellement et que je m'étais offert pour la cérémonie.

– Oh, quel bonheur ! Je savais qu'ils finiraient par le faire ! Ciara m'avait avoué être folle de lui !

Je me rends compte qu'elle n'est pas surprise de la rapidité de l'événement. Il est vrai qu'au bout de quelques heures, elle était devenue déjà très intime avec ma sœur. Elles ont dû échanger sur O'Neill et certainement sur moi, même si Ciara ne m'a jamais vraiment vendu la mèche.

– Ils attendent également un heureux événement et… je suis le futur parrain…

Della me sourit et pose une main sur ma joue. Puis elle se dresse sur la pointe des pieds pour déposer un baiser sur mes lèvres, puis deux, puis plusieurs, alors je dévore sa bouche à mon tour. Nous nous embrassons longuement avant qu'elle ne pose la joue contre ma poitrine et se serre contre moi. Elle connaît l'histoire de notre famille et la douleur de nos pertes passées. Je sens qu'elle veut associer son bonheur au mien. Pour moi, elle en fait déjà partie. Nous restons ainsi de longues minutes, sans un mot, juste enlacés l'un dans les bras de l'autre.

C'est une félicité sans fin qui nous habite.

Puis Della relève la tête vers mon visage.

– Mais comment ma sœur t'a-t-elle retrouvé et fait venir jusqu'ici ? me demande-t-elle intriguée.

– Eh bien, j'ai pâtissé le gâteau de mariage de Ciara et O'Neill et je crois que je me suis surpassé dans la création, avoué-je en rougissant.

– Oh, je veux bien le croire..., lâche-t-elle en me souriant de nouveau.

Je lui explique alors qu'une des photos du gâteau a fait le buzz sur les réseaux sociaux.

– J'ai reçu par la suite un appel de ta sœur, qui m'a retrouvé par cette photo, et la première chose qu'elle m'a demandée, afin de s'assurer que j'étais bien celui qu'elle recherchait, était de savoir si j'avais une sœur se prénommant Ciara et un ami O'Neill. Sur ma réponse affirmative, elle m'a révélé être ta sœur et m'a demandé de ne pas raccrocher. Tu penses bien que je ne comptais pas le faire ! Elle était au courant de notre rupture et m'a appris que tu t'étais rendue en Irlande pour me revoir, et peut-être même rester avec moi. Mais tu es repartie, après avoir entrevu une scène qui t'a détruite.

– Je t'avoue qu'au fil des jours qui ont passé, je n'étais plus tout à fait sûre de ce que j'avais cru voir par cette fenêtre. Mais le mal était fait et s'était logé en moi...

– Eimear et moi, c'est définitivement du passé. Mon présent et mon futur, c'est toi ! lui dis-je, tandis que des larmes coulent de ses jolies prunelles vertes.

Je ne suis pas loin d'en verser une, moi aussi.

Je l'embrasse de nouveau tandis que chaque partie de mon corps renaît.

Chapitre 30

Della

Après nos retrouvailles, j'ai présenté Ryan à mes parents. Bella avait certainement dû déjà vendre la mèche, car papa l'a accueilli chaleureusement, avant de m'étreindre dans ses bras. Mon bonheur aurait pu être presque complet si maman n'avait pas été bien trop occupée de savoir si le caviar serait assez frais pour être servi aux invités. Il est vrai que ce n'est pas chez elle et qu'elle n'a pas pu tout gérer comme elle en a l'habitude. Heureusement que la moitié de notre entourage connaît sa façon belliqueuse d'agir, tandis que l'autre moitié ne vaut guère mieux qu'elle. Maman ressemblait à une dinde qui cherchait son œuf égaré, tant elle allait de l'un à l'autre pour savoir si tout allait bien. Chose que les parents de Dorian avaient déjà mise en œuvre pour que ce soit le cas.

Concernant mes petits frères, ils se sont trouvé des copines parmi l'assemblée d'invités. Il faut dire qu'avec plus de cinq cents personnes attendues, ils ont eu le choix du roi pour les trouver. Tard dans la nuit, Ryan et moi nous sommes retrouvés comme si nous ne nous étions jamais quittés. Au petit matin, nous sommes allés marcher au bord de l'eau, avant de nous égarer dans une dune et faire l'amour.

Je vis un bonheur sans fin.

Le mariage de ma sœur a eu lieu et je la sais assez heureuse pour l'abandonner aux mains de son formidable époux. Ryan et moi quittons donc le « Manoir des Jardins des Secrets » pour nous rendre à « Rosings Park ». Les deux demeures se trouvant toutes deux dans le Kent, la route n'est pas bien longue, tout au plus une heure. Devant les grilles, Ryan est impressionné par la bâtisse et plus encore en rentrant dans mes appartements. Je crois que c'est à cet instant précis qu'il prend la mesure de celle que je suis vraiment.

– Je suis toujours la même, dis-je, tandis qu'il reste coi.

– Oh, ça, je n'ai aucun doute ! rétorque-t-il avant de m'enlacer.

Mais je sens qu'il s'inquiète de ce qu'il peut m'offrir, sachant que j'ai déjà tout.

– Ton amour est quelque chose que je ne peux m'offrir qu'en étant sincère avec ton cœur et le mien. Alors si tu penses que cela peut être possible entre nous deux, j'aimerais repartir avec toi en Irlande, lui déclaré-je, sans qu'aucun doute vienne me traverser l'esprit.

– Tu es certaine ?

– Oh, que oui ! Mille fois certaine !

Il m'embrasse de nouveau et *de nouveau* nous faisons l'amour. Seulement, cette fois-ci, le sable de la plage est remplacé par une courtepointe en soie qui garnit mon lit. Plus tard, nous retrouvons mes parents, également rentrés de Saint Mary's Bay. Nous passons une agréable soirée et même maman semble plus présente avec nous. Cependant, lorsque je leur annonce ma décision de partir vivre en Irlande avec Ryan, la bouche de maman se pince légèrement, signe d'une contrariété naissante. Cependant, papa me regarde droit dans les yeux, en me disant simplement :

– Sois heureuse, ma fille, c'est tout ce qui compte pour moi.

Nous quittons le lendemain « Rosings Park », promettant à mes parents de revenir les voir fréquemment, avant de nous rendre dans mon appartement de Londres. Je présente aussitôt Ryan à Carlita qui l'embrasse, l'assurant qu'elle avait bien failli se rendre en Irlande pour aller le chercher. Chose que je veux bien croire, car elle en est tout à fait capable. Nous rions avec elle avant que je ne présente à Ryan ma Dory, qui était encore une fois en garderie chez Carlita.

– Hum...

– Quoi hum ?

– O'Hara.

– Quoi, O'Hara, répété-je avant d'écarquiller les yeux. Ah, non ! Il ne va pas dévorer ma Dory, je l'interdis !

Ryan m'assure qu'il va tout faire pour que ce ne soit pas le cas. Nous passons de nouveau une soirée à nous aimer.

Au petit matin, dans le plus grand silence, je mets quelques affaires dans une valise, pendant que Ryan dort encore. Puis je file en cuisine lui préparer un petit-déjeuner, avant d'aller le réveiller, car nous avons prévu de retourner le jour même en Irlande. Mais nous nous attardons encore longuement au lit. Une fois tous deux prêts à partir, je mets Dory dans un sac en plastique, avec assez d'eau pour qu'elle se sente à l'aise, avant qu'elle ne retrouve son petit aquarium rond.

– Penses-tu que les douanes nous laisseront passer ainsi avec elle ? me demande Ryan.

– Si je te dis que j'ai réservé un avion pour nous seuls, est-ce que cela te dérange ? réponds-je avec une petite grimace.

– Un avion pour nous deux ?

– Pour nous trois, dis-je en relevant le bocal où se trouve ma Dory.

Ce qui fait éclater de rire Ryan qui s'exclame :

– Va pour un avion pour trois !

Chapitre 31

Ryan

Je me rends compte que Della est une femme incroyablement riche et pourtant elle n'affiche aucun mépris ou autre trait de caractère de petites-bourgeoises, tel que les journaux nous le dévoilent tous les jours, dans des potins parfois inventés de toutes pièces. Della est une crème, et si elle a réservé un avion, ce n'est pas pour afficher son statut social élevé. Elle voulait être certaine de pouvoir emmener sa petite Dory en Irlande. Ce qui pousse le respect d'une certaine manière, car même si pour certains ce poisson ne mérite pas autant d'attention, pour Della c'est une vie et il faut la respecter. Avant de quitter Londres, elle est allée dire au revoir à son amie Carlita, qui était heureuse pour elle, pour nous. Celle-ci m'a assuré que si je n'étais pas gentil avec Della, elle viendrait me régler mon compte. J'ai beaucoup ri ! C'est un personnage surprenant et plein de vie, et son petit Rocky est à son image. J'ai vraiment apprécié cette femme et lui ai assuré qu'elle pourrait venir nous voir quand elle le souhaiterait. Très heureuse, elle m'a serré dans ses bras, sans que je m'y attende.

Oui, c'est un sacré phénomène !

* * *

Della

Je suis heureuse de retrouver Ciara et O'Neill, qui nous accueillent encore une fois avec grande générosité. Je les félicite, bien entendu et plus encore, lorsque Ciara m'informe qu'elle aura besoin de moi pour décorer la chambre du bébé. C'est alors que nous entendons un énorme bruit de verre dans l'entrée. Je m'inquiète, car c'est là que j'ai déposé ma Dory, toujours dans son sac en plastique coincé dans son bocal, en attendant notre arrivée chez Ryan. Je cours aussitôt vers l'entrée, suivant de près Ryan qui m'a devancée.

– Non ! O'Hara ! Crache ! s'écrie Ryan en attrapant son chat par la gueule.

Je crie à mon tour en voyant ma pauvre Dory faire un petit plongeon vers le sol, avant de se tortiller par le manque d'eau. Je la récupère aussitôt dans mes mains et cours à la cuisine pour la placer dans un bol rempli d'eau. Je suis soulagée de la voir nager de nouveau. Elle n'a rien, il me semble. Je me tourne alors vers O'Hara, le regard noir.

– Je te préviens, si je te revois tourner autour de ma Dory, je ne donnerai pas cher de ta peau de tigre et je te transformerai en descente de lit ! m'exclamé-je, en le pointant du doigt (bien que je ne ferais jamais une chose pareille).

Ce dernier s'enfuit en miaulant de désespoir, plus sans doute d'être passé à côté d'une petite friandise que d'avoir été rabroué par moi. Mais peu m'importe, ma Dory est vivante et il va me falloir lui trouver un aquarium assez grand et assez lourd pour qu'il ne reprenne pas l'envie à O'Hara de recommencer…

* * *

Ryan

Je crois que nous avons frôlé la catastrophe ! Heureusement que je suis arrivé à temps. Il faut dire qu'O'Hara est un chat, alors des poissons, il en mange tous les jours dans sa pâtée ! Mais depuis que nous avons trouvé un bel aquarium pour Dory, celle-ci ne craint plus rien. Qui plus est, nous avons adopté un autre poisson rouge prénommé Nemo, afin qu'elle ne se sente plus toute seule. Della y tenait et moi je veux continuer de voir ce magnifique sourire sur son visage. Quant à O'Hara, même s'il se méfie de nous, ça ne l'empêche pas de saliver devant ces deux petites silhouettes rouges qu'il ne distingue que de loin, car nous avons fait en sorte qu'il ne puisse pas les approcher.

Della et moi vivons un amour au-delà de ce que nous attendions de la vie. Depuis que nous nous sommes installés dans mon cottage, qui ressemble beaucoup à celui de Ciara – si ce n'est la couleur verte de sa façade et quelques meubles encore plus cocooning que ceux de ma sœur –, Della m'a annoncé son souhait de créer son entreprise. J'ai un peu peur de la perdre ou de la voir beaucoup moins. Mais elle m'a fait une proposition à laquelle je ne m'attendais nullement. Elle m'a regardé droit dans les yeux et m'a demandé si je voulais être son associé. Je lui ai répondu mille fois oui. Alors, on a ouvert un *food truck* qui porte le joli nom d'*Irlande mon Amour*. Sur sa carrosserie sont peints des elfes, des fées, des farfadets et des myriades de petites étoiles qui lui confèrent un effet magique. Il est certainement le plus luxueux et le plus long *food truck* du monde. Della cuisine, moi je pâtisse et O'Hara est notre goûteur attitré !

On fait une bonne équipe tous les trois, et de voir Della si épanouie, cela me rassure. J'avais quelques craintes qu'elle ne s'ennuie à mes côtés, alors qu'elle pourrait s'acheter la moitié de la planète. Je suis heureux que ce ne soit pas le cas. Et puis elle m'a assuré qu'elle était heureuse de revenir à ses premières amours, en prenant tant de plaisir à cuisiner pour les autres. Depuis, on voyage dans toute l'île. On s'arrête dans de nombreux lieux pour en faire la visite et nous dormons la plupart du temps dans des endroits atypiques, dans un cottage, chez l'habitant, dans des châteaux également. Je fais découvrir l'Irlande à ma compagne sous un autre œil que des notations dans des hôtels ou des restaurants. Mais nous revenons toujours à notre cottage, que Della adore et qu'elle a amélioré à sa façon, pour mon plus grand bonheur.

Les mois s'écoulent lentement et ne se ressemblent pas. O'Hara s'est acoquiné avec la chatte d'Eimear. Elle est blanche, toute petite, le poil ras, et n'appartient pas à la race des maine coons. Lorsque les chatons sont nés, nous avons eu la belle surprise d'en voir des tout blancs avec des rayures noires, des tout noirs avec des rayures blanches et même des fauves avec des rayures noires, comme leur père. Ils ont le poil long et ont tous déjà trouvé une famille d'accueil. Nous avons toutefois décidé avec Della de garder le seul qui était tout blanc. Il est beaucoup plus petit qu'O'Hara, mais il ne se laisse pas faire par son père. C'est même lui qui tient les rênes ! Ce qui nous amuse grandement. À l'origine prénommé simplement O, nous l'avons rebaptisé Scarlett après avoir appris par notre vétérinaire qu'il s'agissait d'une femelle. Nous embarquons donc avec nous Scarlett et O'Hara à chacun de nos voyages et mon gros mistigri lui a donné en héritage son ronronnement, dès que ma sonnerie de téléphone s'active. Nous avons maintenant deux tondeuses à gazon qui font un bruit à faire fuir les voleurs, si tant est que nous en ayons par chez nous. Quant à Dory et Nemo, ils vivent leur vie dans leur joli aquarium et nous font la fête tel que me l'assure Della à chacun de nos fréquents retours à la maison. Il y a deux semaines, Ciara a mis au monde une belle petite fille prénommée Fiadh[1] et O'Neill n'a d'yeux que pour elles deux. Je suis complètement gaga devant ma filleule, et Della ne vaut guère mieux que moi depuis qu'elle en est la marraine. Même si cela nous plaît énormément, je garde secrètement pour moi le souhait d'avoir nos propres enfants à aimer. Je n'en ai pas encore discuté avec Della, mais je reste certain qu'elle le désire également.

Aujourd'hui, j'ai décidé de l'emmener, sans nos chats, quelque part où je suis certain qu'elle n'a jamais mis les pieds. Della a beau avoir déjà fait plusieurs fois le tour du monde, je reste convaincu qu'il y a un endroit qu'elle n'a jamais vu : la Celtic Hole Stone[2].

Et c'est là que je l'emmène en cet instant…

Le soleil se lève et la luminosité qu'il dégage est absorbée par une brume qui donne au lieu toute sa beauté. Je songe alors que des farfadets, des elfes et autres petites fées concourent tous ensemble à la magie de ce merveilleux endroit. Della laisse échapper un petit rire que je happe aussitôt en l'embrassant. Mais je ne m'attarde pas plus longuement. J'ai quelque chose d'important à faire. J'enrobe d'une main protectrice la main de Della tout en marchant d'un pas lent à ses côtés. Mon cœur bat à tout rompre. Nous montons une colline, chassant par nos corps la brume qui nous réenveloppe aussitôt. Notre ascension est à son apogée lorsque nous arrivons à la Celtic Hole Stone qui se tient fièrement devant nous. La pierre d'amour est son

1. Fiadh est un prénom féminin irlandais qui se prononce « Fee-a ».

2. La Celtic Hole Stone se tient fièrement sur une colline de Doagh, située dans le comté d'Antrim. C'est un lieu sacré pour tous ceux qui sont à la recherche de l'amour éternel…

second nom, car elle ressemble à un énorme anneau en pierre grise. Della s'exclame que c'est magnifique et je lui avoue aussitôt que c'est elle que je trouve magnifique.

Puis je pose un genou sur cette terre sacrée…

– Della de Bourgh, veux-tu devenir ma femme pour l'éternité ?

Della me regarde en posant ses mains sur sa bouche. Je la sens émue, troublée. Puis, sans que je m'y attende, elle se jette sur moi. Je tombe à la renverse en l'entendant me répondre un grand *oui*. Je l'embrasse tandis que nous dévalons lentement la colline, en roulant accrochés l'un à l'autre, dans la brume évanescente qui nous enrobe. La rosée s'accroche à nos vêtements, mais nous n'en avons cure. Nous nous aimons et rien ne peut venir nous interrompre. Nous finissons par nous redresser et je glisse au doigt de Della un simple anneau d'or. J'y ai fait graver quelques jours plus tôt sur l'extérieur « Je t'aime à tout jamais »…

Della déchiffre ce message et remarque soudain le signe représentant la rune de l'amour que j'ai fait graver à la suite de celui-ci. Elle se jette aussitôt dans mes bras en m'embrassant avec passion. Je l'enlace avant de lui murmurer à l'oreille :

– Viens. Nous avons encore une chose à faire…

Je l'entraîne à ma suite et nous remontons sur la colline.

Arrivés devant la pierre d'amour, je lui chuchote à l'oreille avant de lui donner un baiser chaste :

– Nous sommes sur un lieu sacré et la tradition veut que la main de la future épouse passe à travers le centre de la pierre…

Tout en lui donnant cette information, je me saisis de sa main pour la faire passer dans le centre de ladite pierre et Della se laisse faire, les yeux brillants. Je noue mes doigts aux siens aussitôt sa main passée de l'autre côté.

– Ainsi, nous scellons éternellement notre amour, ajouté-je d'une voix rauque, mais quelque peu altérée par l'émotion.

Della me sourit de ce sourire qui me fait chavirer le cœur. Je l'embrasse longuement, nos doigts toujours entrelacés au creux de la Celtic Hole Stone.

Je sens que notre vie ne sera dorénavant qu'amour. Je remercie les elfes, que je n'ai pas invoqués depuis longtemps. Je les remercie mille fois et plus encore d'avoir fait de moi l'homme le plus heureux de l'île d'émeraude…

Du même auteur
Une délicieuse comédie romantique de Noël,
pour les amoureux des chats

Disponible en librairies et en version e-book

Charlotte, jeune éditrice, se retrouve au chômage
et célibataire. C'est alors qu'un livre lui donne l'idée
de s'inspirer de son chat pour s'épanouir
de nouveau et redonner du sens à sa vie…

Disponible en librairies et en version e-book

Une comédie romantique pétillante avec des personnages pleins d'entrain !

Disponible en librairie et en version e-book

Un feel good pétillant pour les amoureux des chats,
inspiré de l'histoire vraie des célèbres chats à six doigts
de la maison d'Hemingway près de Miami

Disponible en librairie et en version e-book